潜水艇文库

L'AMOUR SUPRÊME
至上的爱

Villiers de L'Isle-Adam

[法] 维利耶·德·利尔-亚当 —————— 著

林凡 —————— 译

深圳出版社

L'Amour suprême / Villiers de L'Isle-Adam
根据1886年版本译出
© MAURICE DE BRUNHOFF, ÉDITEUR

图书在版编目（CIP）数据

至上的爱 / （法）维利耶·德·利尔-亚当著 ； 林凡
译. -- 深圳 ： 深圳出版社，2024. 6. --（潜水艇文库）.
ISBN 978-7-5507-4050-1

Ⅰ. I565.45

中国国家版本馆CIP数据核字第2024FX3122号

至上的爱

ZHISHANG DE AI

出品人　聂雄前
责任编辑　沈逸舟
责任校对　万妮霞
责任技编　梁立新
封面设计　麦克茜

出版发行　深圳出版社
地　　址　深圳市彩田南路海天综合大厦（518033）
网　　址　www.htph.com.cn
订购电话　0755-83460239（邮购、团购）
设计制作　深圳市龙瀚文化传播有限公司 0755-33133493
印　　刷　深圳市华信图文印务有限公司
开　　本　889mm×1194mm　1/32
印　　张　7.5
字　　数　151千
版　　次　2024年6月第1版
印　　次　2024年6月第1次
定　　价　48.00元

推荐序

同事林凡老师发来他的译著手稿,嘱我写一篇推荐小序。我没有给书籍写序的经验,更确切地说,我也自认不具备写序的资格。之所以接受这一对我而言非常具有挑战性的任务,一方面是因为林老师言辞恳切,对我信任有加,热情难却;另一方面则是因为我对维利耶·德·利尔－亚当这位法国作家略知一二。十多年前,我对法国副文学学派的研究使我有机会偏离法国经典文学的高峰,去探索长满奇花异草的副文学小径。小说《未来的夏娃》及其作者第一时间进入我的研究视野。《未来的夏娃》作为西方文学史上第一部较为成熟的机器人科幻小说,其想象力、寓言性和批判性是超越时代的;而小说作者更是被后现代主义哲学家德勒兹列入伟大作家之列。

林老师翻译的《至上的爱》是维利耶·德·利尔－亚当于 1886 年出版的故事集;两年后,该故事集又以《断头台的秘密》为书名再版。同一本书,书名的不同,会带来不同的阅读期待。再版的书名取自书中的第三则故事，其悬疑性更直观；而原版的书名则取自第一则故事，更切合故事集整体展现出的主旨内涵。《至上的爱》里有十三个故事，每个故事都有一个不算特别吸引人的开头和一个令人猝不及防的结尾，情节转折流露着诸说混合的神秘主义色彩，表达手法杂糅着爱伦·坡的恐怖诡异、波德莱尔的暗黑阴郁、马拉美的幽晦神秘。受孔儒和老庄文化熏陶长大的东方读者初读这些故事时，大概多少会像我第一次在西方教堂仰视被钉在十字架上流血的耶稣像时一样，感到陌生而惊诧。但惊诧之余，心灵或多或少会受到震撼和涤荡。

原著中每个故事自成一体，彼此风格迥异。跨越一百多年时空，还原 19 世纪的文学现场，对译者而言是一个不小的挑战。林老师凭着对故事集直觉的喜爱，仅用八个多月的时间就完成了整本书的翻译，翻译的高效丝毫没让质量打折扣。林老师对原著总体上的深入理解和圆融把握，对每个故事的时代背景、文化意蕴、深层寓意、语言特征等的忠实传译，有赖于他长期不辍的文学积累和专业深耕。具体而言，译著的语言表述洗练、流畅，直抵人心，丝毫不损原著的气韵神形。且举一例：第一个故事中把 "tous ceux qui portent, dans l'âme, un exil" 译为"那些灵魂流离失所的人"，分外地动人心魄，也是对极致地追求"至上的爱"的最好诠释。

　　深圳出版社胡小跃老师的工作室是享誉法语文学出版界的品牌典范，致力于引进法文图书，促进中法文化交流。工作室自 2016 年成立以来，推出的一部部法文译著都领译界风气之先。胡老师不仅是出版人，同时也是翻译家。他眼光敏锐独到，选择大胆前瞻，为人真诚低调，一直令我敬仰。与胡老师相识多年，一直没有机会合作。今次机缘巧合，能够推荐同事林老师翻译这部文学著作，也算是间接达成我的心愿。以我自己有限的翻译经验来看，翻译是一项永远不可能一次性达至完美的工作，文学翻译尤甚。每位能在文学翻译的田园里锲而不舍地耕耘并甘之如饴的译者都值得被尊重。这部译著虽然用时不长，但经过了反复打磨，相信会是一件经得住时间考验和读者热评的出品。

马利红[①]

2024 年 2 月 8 日，于广州

---

① 马利红，文学博士，暨南大学外国语学院法语系主任、副教授，主要从事法国文学、文论研究。

目 录

至上的爱

L AMOVR
S VPREME

心灵纯洁的人
与天使的区别在于
幸福的程度，在贞
节上并无二致。

——圣伯尔纳铎

在漫长的人类岁月长
河中，爱具有无比神奇的
魔力。一旦被神圣的爱笼
罩着，生命便因获得甘露
而鲜活跳跃。

人类总是将爱的永恒本质加以神化，使其在生命的掩映中显露出来，因为尘世之爱的短暂幻象总是让各种希望得不到满足，于是人类常常预感到，唯有在爱所散发出的创造性的光芒中才能拥有真正的理想。

这就是为什么许多命中注定相爱的伴侣在尘世中藐视凡人的欲望，甘愿牺牲亲吻，情愿放弃拥抱，尽管目光早就迷失在昔日婚姻的狂喜中，却仍矢志不移地双双将肉体与灵魂投入天堂神秘的烈焰中。对于那些被上苍慧眼选中的人来说，身体的消亡无足轻重，反而能引发希望和向往，因为他们拥有坚定的信仰。爱的凤凰已抖落了自己翅膀上庸俗的人世尘埃，他们付出的所有努力正是为了摆脱这尘世的束缚，获得不朽而圣洁的重生。

因此，如果这样的爱只能由经历过爱的人来表达，既然忏悔、分析或举例只能起到有益的辅助作用，那么，写下这些文字的人，受到这种来自上天意志的青睐的人，难道不应该友好地把这种知心话语告诉那些灵魂流离失所的人吗？

实话说，我的良心无法不相信它。现在，我以最朴实的方式告诉你们，发生在我身上的这段精彩的奇遇是由一系列环环相扣的偶然事件组成的，其中又穿插着零零碎碎的世俗巧合。

在 1868 年那个美妙的春之夜，多亏了马米埃公爵

殿下的殷勤邀请，让我有机会参加在外交部大楼举办的
盛会。

　　当时，公爵与时任外交官的穆斯蒂埃侯爵所属家族
联姻。在举行盛会的两天前，我在某位朋友的餐桌上表
达了想一睹上流社会的愿望。所以，盛会当晚，马米埃
公爵便很热情地来到我位于皇家大街的住所，接上我前
往参加盛宴，并于晚上十点半准时进场。

　　在和蔼可亲的公爵礼貌地把我介绍给大家之后，我
便走向自己的座位。

　　舞会处处绚烂夺目，悬挂在天花板上的笨重水晶吊
灯闪耀着强烈的光芒，官员们尽情欢声笑语。他们身着
雪白礼服，佩戴胸花，一应翩翩起舞，华丽的服装不时
散发出阵阵芳香，镶嵌在他们上衣肩部的钻石熠熠生辉。

　　在主厅里，大家穿着黑色礼服正在跳着盛行的四对
舞。社会名流们的神采与礼服上闪着金光的荣耀徽章相
互映照，更加显得容光满面。年轻的姑娘们身披缀满花
环的薄纱礼服，戴着手套，拿着小册子，坐着等待下一
首四对舞曲响起。胸前佩戴着各种宝石勋章的使馆随员
们从厅堂的一侧经过；在另一侧，将军们系着红色云纹
领带，戴着象征指挥官的十字架，正低声赞美着这座典
雅精美的府邸。这些无常命运的宠儿的眼中无一不流露
出得意的神色。

　　在各个相邻的大厅里，一些外交团体的成员正在闲聊，人群中有个穿着紫红色披肩的人尤其显眼。外国的贵妇们在使馆"顾问们"的搀扶下，拿着扇子小心翼翼地从旁边走过，眼中都闪烁着冰冷的寒光。所有人的脸上似乎都透着一种莫名的忧虑。总而言之，整个舞会看起来就像一个幽灵的派对，我总感觉，有一个实际操纵这些魔幻幽灵的隐形人随时会在幕后大声将这场庄严的仪式喊停："你们全都消失吧！"

　　为了逃避公共场合里各种繁文缛节强加给我的烦恼，我横穿过这整个房间，最终来到一个偏僻的小客厅，屋内几乎看不到客人。一个敞开着大窗的阳台触发了我对独处的渴望，于是，我走了过去，站在阳台上。夜幕下，从凯旋门到巴黎圣母院的巴黎景色尽收眼底。

＊

　　啊！这真的是一个四面八方到处都在闪闪发光的夜晚！从眼前一直延伸到地平线，无数静止或移动的光点充盈着首都的各个角落。码头和桥梁旁点缀着船只时暗时明的灯光，十字路口对面的杜伊勒里宫的茂密植被在南风中绿光摇曳。在墨蓝的夜空中，密密麻麻的星星犹如数千簇火苗在熊熊燃烧。塞纳河在拱桥下如潟湖一般缓缓流淌，倒映在水面上的星光微微闪烁。距离我最近的煤气灯燃着蝶形火焰，在灌木丛稀疏的叶片之间显露出来，宛如正在绽放的金花。广阔无垠的空间中传来阵阵时大时小的响声，仿佛是这千奇百怪的首都在夜色中发出的一呼一吸：这种高低起伏的声浪与璀璨闪耀的光点完美交融。

小提琴奏出优美的华尔兹旋律，乐声在迷人的夜色中飘荡。

突然之间，我脑海中浮现流亡国王的记忆，我忍不住感到悲伤，体会到生命无常带来的无力感，感觉自己也只不过是这场盛宴的匆匆过客。我的思绪已经沉湎在这种遐想之中。忽而，一股令人愉悦的白丁香的芬芳飘到了我的跟前，于是，我半转过身去，也许这种芳香来自某位走近我的女性。

在我右侧的门口，一位年轻女子的美丽背影映入我的眼帘，她用白色蕾丝手套垫着臂肘，自然斜靠在紫红色天鹅绒包裹的栏杆上。

实际上，在见到她的那一刻，光是她整个人透过外表给我留下的印象就让我坐立不安了，以至于我竟忘记了周围令人眼花缭乱的景象。在此之前，我到底在哪里见过她呢？

啊！为什么一个拥有这般姣好面容与高雅气质，却又清心寡欲，眼神冷峻犀利堪比贝雅特丽齐①，让人过目不忘的美人会在上流社会的舞会中走失呢？

在我深感惊讶之际，忽然间，我似乎认出了眼前这位女性。是的，与她有关的回忆已经过去很久了，现在又围绕着她重新被唤醒！我依稀想起了那个遥远的秋季，回到了在布列塔尼一个荒废的古堡里与她共同度过的那些夜晚，彼时，洛克玛利亚领主美丽的遗孀总会聚集很多亲密好友一起庆祝各种各样的纪念日。

渐渐地，那些被岁月的迷雾消磨得已经褪色的音节，一个被遗忘的名字，再度浮现在我的脑海中：

"奥贝莱恩小姐！"我想起来了。

在我的记忆中，那时，莉兹安娜·德·奥贝莱恩小姐还只是个小孩，而我则是个生性过于敏感多疑的青少年。我们不爱交际的共同脾性总是奇妙地促使彼此在外出散步返程时，在夜空繁星初升的洛克玛利亚的古老大道上不期而遇。而且，我还清楚地记得，我们在那个年纪进行过那么严肃的谈话。我俩交谈过程中所偏好的主题的超然性，揭示了相互之间千丝万缕的心灵感应，因此，我们共处时，时不时会出现漫长的沉默，仿佛彼此已经

---

① 贝雅特丽齐，意大利诗人但丁所爱慕的女子。在但丁的作品《神曲》中，她委托维吉尔救助但丁，后又带领但丁游历了天堂，是但丁灵魂的拯救者。——编者注

体验过超越死亡的境界一般。

　　当时，她母亲已经去世两年了。奥贝莱恩男爵在经历了这次巨大的丧妻之痛以后，很快便辞去了海军指挥官的职务，带着两个女儿悲哀地退居到他的世袭领地，极少出现在周围的社交场合中。

　　这种远离尘嚣的隐居生活并没有使她痛苦悲观。她反倒是怡然自得，澄明的目光总像暴风雨后天空中折射出的紫色光芒，宁静纯洁。作为一个圣洁的孩子，她陶醉在与她所栽种的鲜艳的报春花一起枯萎的那种孤独之中，从而减轻了她日夜陪护的父亲晚年的忧郁和痛苦。她已乐在其中，习惯了这样的生活方式，尽心抚养她的妹妹，谦卑地照看城堡，照顾她身边的穷人、乡间的修女，对另一种未来不屑一顾。

　　她已经成为一个善于布施祝福的人，她通过救济、劳动和唱诵圣歌的生活方式实现了自我的价值。在这个过程中，她将个人的所有想法传播出去，而她本有的纯真则犹如神殿中燃烧的金灯永不熄灭。

　　然而，自从在布列塔尼的古堡中那为数不多的几次邂逅之后，我们就再也没有见过面。如今，在这个漆黑的夜晚，在这个政府机构大阳台上，我又与她重逢，她显然是刚从舞会现场走过来的！

　　没错，就是她！如今就像从前一样，她天使般温柔的性格，使得她的凝思之美更加明显。她大概是二十三到二十四岁的年纪。她的皮肤天生白皙，精致的瓜子脸上镶嵌着一双炯炯有神的蓝眼睛，与其外貌相衬的，是她那乌黑而有光泽的齐刘海，头发上插着盛开后尚未凋谢的白丁香。

她的穿着打扮神秘而优雅，尤其适合她的气质。她身穿一件褪色了的黑色缎面礼服，衣服上面点缀着精致的煤玉，一条浅紫色的薄纱围巾罩在肩上，显得格外婀娜动人。

一串鲜嫩的白丁香花环绕着她纤弱的身躯，从腰间一直延伸到肩膀；她温暖的身体让这件装饰品散发出迷人的芬芳。她的一只手搭在裙子上，另一只手则握着一把闭合的白色折扇。纤细的金丝项链上挂着一枚用珍珠做成的小十字架。

而且——同过去一样！——我感觉到，这个年轻女子的身上，唯有①那晶莹剔透的灵魂才能让我产生深深的迷恋！从我看到她的那一刻开始，除了与她悲伤的经历和坚定的信仰产生的质朴而友好的共鸣，其他任何热烈的想法都几乎没有了什么吸引力。

我端详了她好一会儿，钦佩之情油然而生，同时又

---

① 此处法文原文为斜体，以示强调。法文原文正文中表强调的斜体部分在本译本中均用楷体标示，下文不再一一说明。——编者注

感到十分惊异，她竟会出现在和她生活的地方相距如此遥远的环境中！……她似乎猜到了我内心的疑惑，也认出了我这个人，便对我报以温和而坦率的微笑。事实上，那些自信有资格激发这样崇高情感的人，会以非常文雅的方式接受它。他们庄严而谦逊地接受它，自然而平和地把它当作献给上苍的贡品，并将所有的荣誉都归于上苍。

*

我向她走近了一步。

"奥贝莱恩小姐，"我对她说，"这么多年来，您还没有完全忘记当年在洛克玛利亚庄园里遇到的那个忧郁的路人吧？"

"我的确记得您，先生。"

"那时您还是个很年轻的女孩，沉思多于悲伤，温柔多于快乐，您脸上的微笑从来都是一闪而过，然而，透过您孩子般纯净透明的眼神，我敢跟您说，我当时几乎猜到了您会拥有怎样的未来，这就是您今晚出现在我眼前的模样，尽管您周身仍笼罩在某种伤感之中！"

"虽然我已经老了，但您仍认为我变化不大，我真的很高兴。"

"所以，当我发现您混在舞会的人群中时，我有一种预感，您的心实际上并不在此 —— 而且现在的我对您来说会比一个从未相识的陌生人更陌生 —— 确切地讲，据说，您已然经历过了……生活的磨难，对吗？"

她不再心不在焉，而是认真地看着我，她仿佛已经意识到我话里有话，便回答我说：

"不，先生，至少，我所经历的是常人可以理解的。我并非一个看破红尘的人。虽然我既没有强求也没有渴望过生活中的任何快乐，但是我能理解别人会觉得生活很美好。比如今晚，难道不是个绝妙的夜晚吗？在这里可以听到如此悦耳的音乐！刚刚，在舞厅里，我看见了一对订婚的新人：他们手牵着手，幸福而纯洁，他们要结婚了！啊！做母亲该是怎样的一种喜悦！更别说能被爱人捧在手心，能摇晃着摇篮里笑得像阳光一样灿烂的可爱宝宝入睡了……"

她轻轻叹了口气，我看见她闭上了双眼。

"哦！这些丁香花的气味让我感到不自在。"她说道。

她沉默了下来，有些动情。

我正要询问她这种情绪中隐藏着什么样的悔恨，零点的钟声就像一只由风、铿锵的回声和黑暗组成的无形大鸟，突然从巴黎圣母院飞走，穿越云霄，然后重重地坠落。从一个教堂到另一个教堂，它张开令人眩目的翅膀来回穿梭，撞击着一座座古老的塔楼，继而扎入深渊，惊起阵阵回响，尔后便消失了。

*

尽管钟声早已消逝，奥贝莱恩小姐仍用胳膊肘靠着，专心致志地侧耳倾听，仿佛还能听到一些我未知的、消失在远处的声音。对她而言，这些声音仍会在这子夜继续响下去，她频频点头的轻微动作似乎就在追随我已听不见的钟声。

"似乎您的思绪一直在追随那些逝去的时光，直至遥远的黑暗中！"

"啊！"她的目光与夜空中的星光交织在了一起，只听她喃喃自语道，"因为今天是我接受考验的最后日子，于我而言，零点钟声的敲响意味着我的精神枷锁被打碎了，我的灵魂得救了，终于可以远离这里了。不仅远离这个宴会，更是离开这个感性的世界，在这个世界里我们只是表象，我终于可以永远解脱了。"

听到这些话，我注视着我眼前的这位女士，目光中充满忧虑。

"诚然，"我回答道，"听着您说话，我认出了小时候的那个您。不过，让我有些惊愕的是，虽然您完全绽放的青春与妩媚神奇的美貌让您有权利享受世间的所有快乐，但您内心深处仍深藏着一个与生俱来的、渴望超凡脱俗的梦想。"

"哦，"她回答我的声音就像隐藏在树林深处的泉水流淌的声音，"这个世界上有什么快乐是不会在饱足中被淹没和耗尽的呢？不想体验生命的厌恶感，难道就是不接受生命的恩惠吗？那些从未实现，甚至夹杂着懊悔的乐趣，到底'乐'在哪里呢？还有什么比以一个坚强、纯洁，不受任何凡俗欲望侵蚀、毫不背离自身理想的灵魂过完自己的生命更幸福的事吗？"

"通过逃避所有斗争来称自己很强大并不是什么难事。"

"我只是一个肉体凡胎，而且还有各种缺点。有些斗争我确信自己能获胜，所以为什么还要参加其他的呢？"

"既然如此，"我带着深深的惊讶问她，"您今晚为何要到这里来呢？"

她脸色纯净，洋溢着难以形容的微笑。这种微笑既带着对尘世的蔑视，又包含对天国的向往。

她说："我必须遵从加尔默罗会古老的规矩。他们规定，献身信仰的修女在立下誓言之前必须经得住世俗的诱惑。我来这里正是出于对规则的服从。"

*

就在这时，舞会上和谐的旋律变得愈加清晰动听起来；客厅的帷幕被慢慢拉开，一群在灯光下跳着华尔兹、面带微笑的女人呈现在了眼前。看着她严肃的神情，我顿时有些激动，声音也发颤起来，我对她说道：

"老实讲，奥贝莱恩小姐，您坚决放弃尘世享乐的决定真让人感到悲伤！您为何这么急着要牺牲呢？虽然生活看起来并没那么有趣，但是我们可以赋予生活以乐趣，这些乐趣难道不会让生活变得更有价值吗？不要惧怕痛苦，要勇于追求梦想，敢于承受别人曾替我们承担的任务，乐于去爱，勤于奋斗，甘于忍受，懂得安享晚年，这才是真的美好！如果您是因为疲于应对人际关系的纠纷，所以心灵上渴望得到安宁，那么，尽管我觉得您此举近乎逃避，但还是能理解您远离世俗的决定。"

她像一朵百合花般在繁星点点的黑暗中显得格外耀眼，遍布星光的暗处似乎反而衬托了她的中心地位，她以上苍选民的口吻对我说道：

"您这么说，是要我暂缓从尘世中脱离吗？不，我不会这么做的。您上面提到的那些人只能接触到天国的幻象，他们总是算计着供奉上苍的祭品，所以他们只能将他们的身体和灵魂的灰烬奉献给上苍。信念给每个人都带来了天堂的光辉，相信我们，只有通过虔诚的努力才能摆脱尘世的束缚，才能获得通向神明光芒的超人能力。再说，我为什么要犹豫不决呢？既然死亡很快就要来临，那么生命只有在自身虚无的观念中才能获得真正意义上的证实。至此，不管如何，我们怎么可以把放弃尘世的这一时刻称为'牺牲'（无论如何都不应该这么讲）呢？唯有正确利用好这个时刻才能使我们成圣，化为不朽！"

说到这里，她的手触摸着栏杆上的紫红色天鹅绒，手指无意间落在了栏杆外面用暗金浮雕制成的、闪闪发光的帝国徽章上。同时，她转过头看向舞厅，里面的场景隐约可见。

"您看，"她继续说道，"这些在灯光下快乐地旋转着自己身体的人确实有着灿烂的笑容与迷人的目光！这些人有着年轻的脸庞，也有着鲜嫩的嘴唇！然而，如果召唤厄运的邪恶之风突然吹过生命的火炬，那么火焰随时可能会熄灭！所有那些曾经让我们双眼眩晕的光辉便在黑暗中消失了。或许是此刻，或许是明天，或许是不久的将来，凛冽的寒风必然呼啸而来，生命的火焰早晚都将熄灭，今天的快乐不也就转瞬即逝了吗？把自己的生命投射在即将熄灭的光芒里又有什么用呢？生命有什么意义呢？对我来说，这样活着就是亵渎神灵。我的首要职责就是追随召唤我的声音。从现在开始，我只想沐浴在这内在的神圣光芒中，谦卑地蒙受上苍的恩典。我迫不及待地想将我自己短暂的美丽献给它！而唯一令我感到悲伤的，就是我可以奉献给它的仅有这些。"

尽管她谈到上苍时狂喜的体验使我深受感染，我却依旧保持沉默，不愿扰乱她内心深处的冥想状态。但是，渐渐地，她的脸色又恢复了平静；她脸上堆起笑容，转过身朝着迎面走来的年迈的海军上将 L-M 伸出手，弯腰鞠了一躬，像是要和他告别一样。

"您已经准备走了吗？"我低声问道，"我以后再也见不到您了吗？"

"是的，先生，再也见不到了。"她轻声回答我说。

"最后再见一次也不行吗？"

她若有所思，片刻后，回答道：

"最后一次……好的。"

"什么时候？"

"就明天中午，如果您可以来加尔默罗会的礼拜堂的话。"

当奥贝莱恩小姐从客厅中消失后，我仍然沉浸在与她重逢和对话的激动心情中。为了尽快消除这种感受，我试图融入灯光下肆意舞动的人群。

但是，我一下子就感觉到有一片阴影遮蔽着所有的灯光！而这个宴会结束后，灯光便真的会熄灭了，到时就只剩下衣着素色的仆人们如幽灵般穿行在空荡荡的房间里忙碌了。

*

第二天早上，我在约定的时间之前就出门了。早晨阳光明媚，料峭的春寒将重新焕发活力的玫瑰花丛冻得瑟瑟发抖。四月的笑容在空气中绽放，到处都是生机盎然的景象。在林荫大道上，树木、窗户上都沾满了钻石般的雪子，闪烁着五彩缤纷的光芒。当我看见第一辆车开过来时，心中忽然涌起一种难以言喻的希望。

大约过了三刻钟，车把我送到了一座古老的修道院——田园圣母院的大门前。于是，我爬上礼拜堂的台阶，走了进去。

有管风琴伴奏的声乐是如此纯净、柔和，听起来就像是来自天堂的曲调。圣殿的前部是由一堵密不透风的半圆形网格墙壁构成的，西班牙圣女亚维拉的德兰的后继者们在墙后面唱着歌。原来，这里正在进行追思祭礼：一位身着黑色披肩的神甫念着亡灵弥撒。在祭坛对面，一间停尸室在熏香的烟雾中屹立着。

也许，他们正为修道院的某位修女举办葬礼，因为我看到一块白布覆盖着放在地板上的棺材，并以叠成褶

皱的形状铺展至地面上。阳光透过色彩斑斓的石英玻璃窗照射进来，以轻快的节奏在白布上跳动。

上千支点燃的蜡烛正摇曳着形如泪珠的火焰，火光照耀着白布上跃动的金色光点，似乎在悲伤地对明亮的白昼说："你也将要熄灭了！"

出席这场仪式的大都是上流社会的人，他们虔诚地祈祷着。奢华的装扮和氛围，弥漫在空中的皮草的香气，与蓝黑相间的天鹅绒的光泽融合在一起，给人造成一种正在举办婚礼的错觉。

我在人群中四处张望，寻找奥贝莱恩小姐的身影，可惜没有发现她。我心事重重地从两排座椅中间的过道穿过去，走到后殿左侧的柱子旁。

奉献礼的钟声刚刚响过，回廊格栅的门便打开了。女修道院院长拄着一根白色权杖，站在门口，胸前戴着闪闪发光的银色十字架。其他普通修女身穿白色袍子，戴着黑色的面纱，光着脚走到棺材前。当她们把棺材打开后，人们发现，除了四围木板，其他什么也没有。

还没等我反应过来发生了什么，耳边突然传来了丧钟声——它宛如一个否定词，将宣告某个人的时日的终结。年老的主祭神甫转过身面朝着信众，庄严地问道："有没有人愿意把自己永远地献给神？……"

此话一出，人群中传来一阵轻微的骚动，所有人的目光都集中在一名身穿白衣、蒙着面纱的悔罪者身上。我看到她离开自己的座位，在一片悲伤的氛围中，在众人的哭泣声和告别声中向前走。只见她头也不抬地走近围场，轻轻推开栅栏，然后走进唱诗班，摘下面纱，跪到蜡烛中间。那些蜡烛在她令人敬畏的面容周围形成了一个由星星围成的圆圈。保有童贞的她伸出手放在棺材上，回答道："我愿意！"

我现在明白了。这便是年轻女孩昨晚跟我允诺的充满忧郁色彩的会面。这时，我一下子想起了狭隘的加尔默罗会那可怕的修女揭面纱仪式。各种有象征意义的程序接踵而至，就像墓碑上不断传来一道道催命符。

在最深沉的宁静中，我突然听到她用甜美的歌喉唱着她的献身誓言……

啊！我已经不需要在这里解释我的灵魂为何会懈怠了。

紧接着，她的一位新女伴为她缓慢地围上裹尸布，盖上面纱，帮她把鞋子脱下。然后，女伴接过女修道院院长手中那把可怕的剪刀，准备将这位脸色苍白的真福者的头发剪下来。

就在这时，莉兹安娜·德·奥贝莱恩小姐转向了人群。当我和她四目相对时，她停了下来，平静而庄重地凝视了我很久。这次对视仿若与这个光之灵魂的永恒际遇，我体会着它所带来的心灵震撼。

我闭上眼睛，极力克制本就是亵渎神明的眼泪，不让其流下来。

当我恢复清醒时，礼拜堂里已经空无一人。刚刚刻骨铭心的画面消失了。暮色渐渐笼罩四周，在栅栏后面，修道院沉重的幔帐早已重新闭合起来。

然而，与被埋葬者的这场庄严的告别却已经彻底消除了我思想中充满物欲的傲慢。从此以后，每当追忆起与这位贝雅特丽齐式女子的会面，我总能迅速成长，同时，我还能不断感受到她当时望向我的那道神秘目光。如今，我也和但丁·阿利吉耶里一样，尽管形骸还暂时流放在人间，内心却满怀思念天国之情，期望追随她飞往圣洁的世界。

阿斯帕齐娅①的远见

古代史故事新编

献给弗朗西斯·马尼亚尔

　　一天晚上，当亚西比得②与交际花阿斯帕齐娅在床上翻云覆雨之后，后者昏昏欲睡。这时，亚西比得惊讶地

---

① 阿斯帕齐娅（约前470—约前400），古希腊交际花，博学且雄辩，曾在雅典创办修辞与哲学学校，鼓励妇女进入公共场所及接受高等教育。——编者注
② 亚西比得（约前450—前404），古希腊雅典统帅，苏格拉底的弟子。——编者注

发现，自己的爱犬的尾巴被扎在阿斯帕齐娅的金色发髻中。霎时，他心情沉重，若有所思地将臂肘支在铺床的科林斯毛毯上。

但他这一轻微的动作却弄醒了年轻的阿斯帕齐娅，当她看见身边这位闻名遐迩的大英雄美男子正盯着自己头后那个浓密的东西时，她的眼中顿时流露出忧郁的目光。

"所以，那个残忍地对待我唯一的朋友的人竟然是你？"他问道。

"是的。请你原谅！"阿斯帕齐娅回答说。

"是神命令你这么做的吗？"

"对，是帕拉斯[①]的命令！"她无视对方的嘲讽，不以为然地说道。

"你还不如说是根据高等上诉法院的非正式意见呢！……一个玩笑，一个甚至近乎幼稚的玩笑，难道不足以毁坏民众法院那帮人的信任吗？……算了，我原谅他们，因为他们给我带来的乐趣多过他们对我的憎恶。"

阿斯帕齐娅听了以后，却摇摇头。

亚西比得这个狡诈的雅典人为了迫使她更快地坦白，就立刻以一种高高在上的姿态，冷漠地对她说道：

"唉！保守好你的秘密吧！"

---

① 帕拉斯，雅典娜的别称。——编者注

说着，他将那可笑而让人看了忧伤的狗尾巴从光线昏暗的屋子扔了出去，丢到了屋外的石板路上。

看到这，阿斯帕齐娅狡猾地噘起嘴向亚西比得索吻。等他凑过来后，她即在对方额头上亲了一口，然后以骄傲的女战士的口吻对他说道：

"别再装腔作势了！好啦，亲爱的，我认输了！"她回答说，"我为什么要这么做呢？因为我很清楚，我心里对你爱意满满！"

克雷尼亚斯之子[①]听到这句话，顿时睁大了眼睛。

他大声叫了起来："你因为爱我，所以就要剪掉我的爱犬的尾巴吗？"

此时，这位表情严肃的妓女却热泪盈眶，亮晶晶的泪珠一滴滴地掉落在亚西比得冰冷的脖子周围，如同一条断了的项链上的一颗颗长钻石。

"亲爱的，"她说道，"你知道吗，我这个女人虽然只会自欺欺人，但我的直觉却同苏格拉底的思想一样准确。请你听我解释！"

这个皮肤白皙的女人沉思了一小会儿。

"在别人刚从体育学校毕业的年纪，"她继续说道，"你却已经血战于波提狄亚并取得胜利，成了威武的领袖。

---

① 克雷尼亚斯之子，即亚西比得。克雷尼亚斯（？—前447）是亚西比得的父亲，古希腊雅典将军。——编者注

你出色的口才令强于雄辩的执政官们黯然失色，你的政治手段让表里不一的波斯使者原形毕露！阿斯帕齐娅的爱人，你是神一般的存在，人们会怎么看你呢？……面对那些谴责你拥有海量财富的人，你高傲地予以反击。作为雅典子民中最杰出的一位，你从未屈服于他人的意志！你瞧，你的奢侈和放荡不就令波斯总督提萨斐尼瞠目结舌吗？而后来你决定节衣缩食的时候，你的节俭不也让那位自给自足生活方式的探索者——第欧根尼——感到震惊，而熄灭了引路的明灯吗？你是何许人物？你就是国家和人民的伟大救世主！所有人都钦佩你！而我自己，就躺在你的怀抱里仰慕你，爱恋之情增加了我心中的喜悦。雅典和我都以你为荣！甚至，伯里克利①都不如你伟大！所以，只要你能名扬千古，我就会一直很幸福。而如今很多征兆表明，你的名字必然载入史册。"

听到这些话，亚西比得这位极富英雄气度的年轻人激动得朝阿斯帕齐娅拥了上去，贴着她的嘴唇忘情地亲吻起来，而洋溢在她呼吸中的荣耀和爱情气息，就像一朵绚丽鲜花散发的馥郁气味，在空中飘散。

她继续说道：

---

① 伯里克利（约前495—前429），古希腊雅典政治家，民主派首领，曾提出一系列立法措施来推动雅典民主政治发展，其当政时期被称为雅典的"黄金时代"。据传，阿斯帕齐娅是他的情人。——编者注

"然而，当我意识到人类的肤浅，认识到历史上人民对伟人的崇敬和对伟人的记忆都源于何处时，我却逐渐开始担心你的名声在历史长河中的命运了！你看，最近这些日子，也就是在奥林匹亚竞技会期间，人民称赞你作为诗人、作为艺术家和作为运动员的成就，为此我却惶恐不安。

"唉！我心里常常想，人们之所以愿意或者能够将那些巨人般的英雄铭记心中，是因为在人们心目中，英雄们的一生已经如雕像般具象化为一个行动或者一个梦想！……可是你，竟如此多才多艺！你就像一个众多内在特质并存却又相互冲突的寓言！需要何等优秀的史诗诵吟者才能高度凝练你卓越的成就与神秘的人物特点，才能使后人更加容易地将你记住啊？那些成就斐然、性格却难以捉摸的人很快就会被遗忘，因为他们无法为大多数人所理解！所以，到底要采用什么方法，才能让人们清楚地记得你这样一个人呢？

"我很快就将得出我的结论：

"对于你这样的伟大人物，普通手段是难以适用的，需要在你的履历上添加……嗯……一些虽无关紧要却奇特怪诞的事件。这些细节也许微不足道，却与大众的智力水平相适，便于后世口耳相传，永远记住你的英勇事迹！

　　"啊！这样的细枝末节，虽然可能毫无价值，但却贵在其稀松平常，而且很具体，使你的名字能够更持久地定格在历史的长河中，甚至比你人生中那些英雄事迹更让人难以忘怀！

　　"我想，只有通过记住某个引人讥笑的细节（必须凭借想象将它挪进你的个人履历中），才能让你生命中的所有荣光流芳百世。

　　"可是，密涅瓦，我的智慧女神！我们最巧妙的手段应用在何处呢？要借助什么样的智慧来构思这样的事件呢？同时，又该如何做出取舍呢？

　　"如果没有这个事件，你的丰功伟绩恐怕就要淹没在历史的波涛中了，就像璀璨的金色沙子终将被从遗忘之河岸边刮来的阴风吹散。

　　"昨天清晨，我因为夜里的这些想法而惶恐不安，于是蒙上面纱匆匆离开了你的寝宫。那时你还沉浸在睡梦中，丝毫没察觉天已经亮了。

　　"朦胧的晨光中，一棵棵高大的橄榄树下，雅典城那些洁白的大理石雕像闪耀着玫瑰色的光彩。圣山上的帕拉斯神庙向我招手，众神的气息引领我一步步地朝那边走去。

　　"当我把一对孔雀献祭给钟爱它们的女神之后，女神在祭坛前给了我启示：必须做出一个不可思议的奇特行

为，才可能使你的名声免于被历史彻底遗忘；一个带着
嘲讽意味的行为就像一面胜利的盾牌，必将使亚西比得
永垂不朽。啊，你是我一生的偶像……你的俊美、你的
智慧、你的勇气，以及你为保卫你的祖国而付出的一切
努力（你已经两次拯救祖国于危难中），所有这些辉煌功
绩都将如落花流水一般被人们淡忘在历史长河中。但是，
你现在可以放心了，多亏了我，你的名字将永远被人铭
记：因为我把你的爱犬的尾巴剪掉了！"

断头台的秘密

献给爱德蒙·德·龚古尔先生

最近接二连三地听闻犯人被处决，让我不由得想起了下面这桩离奇的事件：

1864年6月5日晚上，大约7点钟，最近刚从巴黎裁判所的附属监狱被转移到罗盖特监狱的埃德蒙-德西雷·库蒂·德·拉·波梅雷医生，此刻正穿着束缚犯人的专用紧身衣坐在死囚牢房里。

他沉默寡言，靠在椅背上，眼神呆滞。旁边的桌子上点着一支蜡烛，烛光照亮了他苍白的面孔。一名守卫此时正双臂交叉地站在离他不远的墙边，目不转睛地监视着他。

狱中的囚犯几乎无一例外地被强制从事日常劳动。如果犯人在劳动过程中死亡，监狱管理部门就会首先从犯人的工资里扣除裹尸布的费用，因为监狱不会支付这笔钱。而只有被判处死刑的人才不需要干活。

本文的主人公向来不露声色：在他的眼中既看不到恐惧也见不到希望。

德·拉·波梅雷时年三十四岁，留着一头棕色的头发，有着一副非常匀称的中等身材。他的太阳穴微微有些发白，半睁半闭的眼睛透着紧张不安的情绪，说话的声音低沉而短促。从他的面相看，他是个爱思考的人；若从手相看，则又像个性格忧郁的人。他的面部表情和那些平时言辞拘谨的人一样显得很不自然，但举止却彬彬有礼。

（我们现在还记得，在塞纳省的庭审中，虽然拉肖律师为德·拉·波梅雷先生辩护的逻辑非常缜密，但陪审团在参考法庭的辩论环节，研究塔迪厄医生的结论和奥斯卡·德·瓦莱先生的公诉状之后，仍认定德·拉·波梅雷有罪。德·拉·波梅雷被指控出于贪财的犯罪动机，采用过量注射狄吉他林①的方式故意杀害他的朋友德·波夫夫人，

---

① 狄吉他林，又称洋地黄苷，一种强心剂。——编者注

根据《刑法》第三百零一条和第三百零二条的规定，被依法判处死刑。）

6月5日这天晚上，他还不知道他向最高法院提出的上诉已被驳回，他的亲人请求赦免的所有听证会也均被拒绝了。他的辩护律师则比较走运，至少皇帝还漫不经心地听了一下他的陈词。每次处决犯人之前都会在杜伊勒里宫为他们竭力求情的那位可敬的克罗泽神甫由于没有得到任何答复，已经回来了。在这种情况下，要求将死刑改为其他刑罚，难道不是暗示着废除死刑吗？这是个典型的案例。检察院认为，上诉被驳回已是板上钉钉的事了，并且随时都会下发通知，所以，亨德莱希先生刚刚接到命令，上级要求其在9日早晨5点去接死刑犯。

突然，走廊里响起了步枪枪托碰撞石板地面的声音，紧接着，牢房的门锁发出了尖锐而沉重的声音，步枪上的刺刀在半明半暗的灯光中闪闪发亮。罗盖特监狱的典狱长博凯纳先生和一位访客出现在德·拉·波梅雷牢房的门口。

德·拉·波梅雷先生抬起头，一眼便认出这位访客是著名的外科医生阿尔芒·韦尔波。

在典狱长的示意下，守卫离开牢房走了出去。博凯纳先生悄悄地给他们俩做了介绍之后，也退了出来。这时，两位医学同行突然发现牢房里只剩下他们俩相向而立，正惊讶地凝视对方。

德·拉·波梅雷默默地给韦尔波医生指了指自己的椅子，然后自个儿坐到了通铺上，床上的大多数犯人很快就惊醒了过来。由于光线不好，韦尔波这位伟大的临床医生走到德·拉·波梅雷跟前，以便更好地观察对方并与其低声交谈。

*

此时，韦尔波已经年过六十了。他声名鹊起，是研究所主任拉雷的继承人，也是巴黎外科诊所的首席专家。他的每一部著作中都蕴含着严密而生动的逻辑推演，这使他当之无愧地成为引领病理学发展方向的一盏明灯。这位杰出的医生已经确立了自己作为本世纪医学权威的地位。

一阵冷冰冰的沉默过后，韦尔波率先打开了话匣子：

"先生，"他说，"既然大家都是医生，我们之间就不必浪费时间相互哀悼了。另外，由于我身患前列腺疾病，所以不到两年，顶多两年半，我就不在人世了。换句话说，再过几个月，我也要进入死刑犯的行列了。好，那我们现在就直奔主题，不做其他铺垫了。"

"所以，医生，在您看来，我目前的法律处境是……

令人绝望的吗？"德·拉·波梅雷打断了韦尔波的话问道。

"恐怕是的。"韦尔波老实地回答说。

"我被处决的时间已经确定了？"

"不知道，但由于尘埃还没有落定，因此您肯定至少还有几天舒坦的日子。"

听到这里，德·拉·波梅雷不禁打了一个冷战，苍白的额头瞬间贴满汗珠。他伸手用紧身囚衣的长袖擦了擦，然后说道：

"好的，谢谢，我已经准备好了。从现在开始，越早越好！"

"鉴于您的上诉目前尚未被驳回，"韦尔波医生继续说道，"我接下来向您提出的建议是有前提条件的。如果上天垂怜您，那就太好了，否则的话……"

这位伟大的外科医生止住了话。

"否则的话？"德·拉·波梅雷问道。

韦尔波没有给出回答。只见他从口袋里拿出一个小工具包，从里面取出一把手术刀，然后在德·拉·波梅雷左手腕处将其衣袖割开，将听诊器放在他的脉搏上。

"德·拉·波梅雷先生，"他说，"您的脉象表明您是个沉着冷静又异常坚定的人。我现在准备大胆地向您提出一个建议（当然，需要严格保密）。这个建议对于您这样一位精力充沛，又对我们的学科怀有积极信念，同时摆脱了对死亡的所有恐惧幻想的人来说，也许是荒谬可笑的。但是，我想，我们都知道我们是谁。因此，无论它一开始会对您产生怎样的困扰，都请您审慎地考虑。"

"我正全神贯注地听您讲，先生。"德·拉·波梅雷回答说。

"您肯定不会不知道，"韦尔波继续讲道，"现代生理学中最有趣的一个问题是，当人的头被砍掉以后，大脑中是否还有可能存留哪怕一丝记忆、一缕反思和一点真实的感受呢？"

听到这个突如其来的问题，德·拉·波梅雷这个死刑犯如五雷轰顶，身子猛地一颤，强烈的晕眩从头部到脚底漫过。接着，他很快缓过神来，回答道：

"医生，您刚进来的时候，我正沉浸在对这个问题的思考中。事实上，我对这个问题抱有极大的兴趣。"

"您已经涉猎过泽默林、叙埃、塞迪约和比沙等人阐述这个问题的著作以及其他相关的现代文献了吧？"

"我都读过，我甚至还曾经观摩过您解剖一具被处决者遗体的课程。"

"啊……是吗？那我们继续往下说吧。从外科的角度来看，您对断头台这个事物有什么确切的了解吗？"

德·拉·波梅雷认真地看了看韦尔波，然后冷冷地回答道：

"没有，先生。"

"今天我仔细地研究了这个装置，"韦尔波医生面无表情地继续说道，"我可以证明，这是一件完美的工具。

"当刀剑、楔子、镰刀、重锤等工具与受刑者的颈部形成一定的角度劈砸下去时，只消三分之一秒的时间，头颈就被截断了。遭受这一迅如闪电的猛击而被斩首的人，同在战场上被炮弹瞬间炸断手臂的士兵一样，并不会有什么疼痛感。因为缺乏足够的反应时间，所以即便有疼痛感，也是非常轻微与模糊的。"

"斩首之后也许会有'余痛'，毕竟是那么大面积的切口嘛。朱利亚·丰特内勒不就曾质疑挥砍执行工具的速度对疼痛感的影响，认为它不一定比执行工具的种类——是大马士革钢军刀还是斧头——对疼痛感的影响大，并给出了他自己的解释吗？"

韦尔波回答道："针对您提出的这个问题，只需让贝拉尔和朱利亚·丰特内勒对质，就足以驳斥后者的幻想！"

紧接着，韦尔波继续说："基于我个人上百次的实验和观察，我确信，瞬间切除头部绝对会在被砍头者身上产生麻醉性昏厥。

"当人的头被砍断时，就会有四五毫升鲜血从血管迸出（通常会产生一股喷射力，血喷射出去后形成一个直径为一米的圆圈），但仅仅流失这么一点血，人就会当场昏厥——这足以让那些最胆小、最害怕死刑的人安心了。人体会无意识地抽搐，然后突然停止，但这种抽搐并不是痛苦的标志，就像……虽然人的一条腿被切断了以后，会因为肌肉与神经的收缩而抽动，但那条断腿已不会再感到疼了。我认为，不确定性带来的紧张躁动，迎接死亡时的肃穆氛围，以及清晨从噩梦中惊醒，这些才是痛苦最确切的来源。既然截肢所造成的疼痛是难以察觉的，那么真正的痛苦其实也就只是心理作用而已。对吧！头部遭受如此猛烈的一击，人不仅感觉不到，甚至对这一击造成的震动都没有一丝的意识，因为这种简单的椎骨损伤会导致共济失调性麻木。头部被移除，脊柱断裂，心脏和大脑之间的有机关系中断，难道还不足以从最根本的层面瘫痪人的一切痛感——就连模糊的痛感也不留——吗？不可能还有痛感！我无法接受与此相悖的观点！您和我都很清楚这一点。"

"至少，我比您更希望是如此，先生！"德·拉·波梅雷回应道，"所以，事实上，我害怕的并不是某种剧烈而短暂的身体痛苦（这种痛苦往往只是在混乱的感觉中被构思出来，但死亡很快就会消除这种感觉）。我担心的是别的事情。"

"您愿意试着明确地跟我说说您在担心什么吗？"韦尔波医生问道。

"您听我说，"德·拉·波梅雷沉默了片刻以后低声说，"归根结底，记忆与意志的器官（如果这两个器官在人身上也像我们在狗身上所看到的那样，处在同一片脑叶上的话）并不会因为刀子的切割而立马丧失其功能。

"我们之前已经注意到太多原因不明的情况，这些情况既让人惴惴不安，又难以理解。所以，我不会轻易相信一个人被斩首后就会马上失去意识。据传言，不少被砍下的脑袋听到别人呼唤时会转向呼唤者。这是神经记忆所致？抑或反射行为使然？其实，这些都是没有意义的空话！

"您还记得那个水手的故事吗？在布雷斯特的诊所，水手的头颅被砍下七十五分钟之后，夹在他上下颌之间的铅笔被他一口咬成了两半——或许他是故意这么做的！……虽然我们只举了这个例子，但还有成千上万个类似的例子。所以此处真正的问题是，这个人的血液循环停止后，到底是不是他的自我意识在对他失血的头部肌肉施加影响。"

"自我只存在于整体之中。"韦尔波说道。

"脊髓向上延伸与小脑相连，"德·拉·波梅雷先生回应道，"那么，所谓的感觉系统在哪里呢？谁能揭示这个问题的答案呢？当然，用不了一个星期，我便会知道了！到时，我也不会在意这个答案了。"

"也许，人类能否对该问题做出科学的定论就取决于您。"韦尔波目不转睛地盯着对方，慢慢说道，"坦率地讲，我之所以到这里拜访您，就是因为这件事。

"其实，我是受巴黎大学一个专业委员会的精英成员们的委派特意来此的。这是国王给我签发的通行证。这张通行证具有强大的效力，必要时甚至可以让您的处决令延期执行。"

听到这里，德·拉·波梅雷顿时目瞪口呆，他回应说："您能跟我解释一下吗？我听不明白您在说什么。"

"德·拉·波梅雷先生，现在我以我们所珍视的、无数崇高的殉难者为之奋斗的伟大科学的名义——尽管对于我们之间商定的某些实验，我还多少存在一些疑虑——恳请您能全力以赴，无所畏惧地完成全人类期许的重大任务！倘若您请求特赦的上诉被驳回，那么身为医生的您就会是这场终极手术的极佳对象。您在这样一次跨越生死界限的探索中所做出的贡献将是难以估量的！虽然有时候，一个人无论展现出多么善良的意愿，还是会发现，一切都似乎预示着最为消极的结果。但是，如果您能参与其中（当然，还应假设实验在原则上并非荒谬），那么我们就有可能抓住这么一个千载难逢的机会，使这场神奇的实验成为引领现代生理学发展方向的重要尝试。因此，我们绝不能错失良机，只要行刑后能够成功获取有价值的成果，您就能在光辉的科学史上留名，而您犯罪的污点也将永远被抹去。"

"啊！"德·拉·波梅雷惊恐地喃喃自语，脸色变得苍白，但嘴角却泛起一抹坚定的微笑，"啊！我开始明白了！毕竟，据米什洛所言，科学家们借由酷刑搞懂了消化现象。那么，您的实验打算怎么做呢？是直流电电击，刺激睫状肌，还是动脉输血呢？这些实验手段可都得不出什么有说服力的结论哦！"

"当然，令人难过的处决结束后，您的遗骸就将安息于地下，我们绝不会对您进行解剖，"韦尔波医生继续说道，"绝对不会的！在刀落之际，我就站在您面前，也就是正对着断头的器械。您的头颅将第一时间从刽子手手中交到我手里。然后 —— 由于实验的方式非常简易，所以实验结果严肃而有说服力 —— 我将清楚地在您的耳边喊：'库蒂·德·拉·波梅雷先生，根据您生前与我共同定下的协议，现在，请您在保持左眼圆睁不动的情况下，连续三次眨一眨您的右眼，可以吗？'此时，尽管您脸部其他肌肉痉挛收缩，但只要您连续完成三次眨眼的动作，我就可以确信您已经听懂了我的话，并以这种方式向我证明，您持久的记忆和意志完全克服了其他感官的恐惧与感情的波动，能够支配您的睑肌、颧神经和结膜。这个实验结果足以照亮科学的发展前程，从根本上改变我们的信念。您相信我，我必然会将这一切广而告之，让您以英雄之名流芳百世，而非以罪犯之身遗臭万年。"

听了韦尔波医生这些异乎寻常的话语，德·拉·波梅雷先生显得非常吃惊，他眼睛睁得大大的，紧紧地盯着外科医生，一言不发地呆坐在那里整整一分钟，像石化了一样。接着，他站起身来，若有所思地走了几步，很快又悲伤地摇了摇头，对韦尔波说道：

"刀片砍下来的可怕力量将使我瞬间失去自我。您希望我做到的那些事完全超出了我个人的意志，绝不是我力所能及的！再说，并非所有被斩首者的生命力都是一样的。但是……先生，请您在我被处决的那天早晨过来。届时我会告诉您，我是否愿意参与这个既令人生畏又令人反感且听起来很虚幻的实验。如果我不愿意的话，我深信您会三缄其口，让我的头颅在被砍下以后能够舒舒服服地带着它最后的活力滑落到被置于刀下的锡桶之中。"

"好的，德·拉·波梅雷先生，我们后会有期？"韦尔波医生也站了起来，对他说道，"您再好好考虑考虑。"

他们两个人互相致意道别。

紧接着，韦尔波医生离开了牢房。守卫从外面走了进来，德·拉·波梅雷顺从地躺在自己的折叠床上，陷入思考之中。

*

　　过了四天以后，大约清晨 5 点半的时候，罗盖特
监狱的典狱长博凯纳先生，克罗泽神甫和克劳德先生，
以及帝国法院的书记员波蒂耶先生一同走进牢房，将
德·拉·波梅雷先生叫醒。德·拉·波梅雷得知自己将被
处决的准确时间后，吓得脸色苍白。他从床上坐起来，
迅速穿好衣服。接着，他和克罗泽神甫交谈了十分钟。
在此之前，他已经数次接待这位来访的圣洁的牧师 ——
众所周知，克罗泽神甫具有那种激励人心的神奇功力，
能让人勇敢地迎接最后时刻的到来。当他看到韦尔波医
生从外头走进来时，便说道：

　　"我已决定参与您的实验了，您瞧我现在这状态！"

　　随后，在宣读判决时，德·拉·波梅雷右眼紧闭，左
眼则圆睁不动地盯着外科医生韦尔波。

　　韦尔波见状，便朝他深深地鞠了一躬。此时，行刑
者亨德莱希先生和他的几名助手走了进来，韦尔波转过
身迅速与亨德莱希交换了眼神，后者心领神会。

　　德·拉·波梅雷很快就梳洗好了 —— 大家发现神甫
给他剪下的头发并没有出现变白的现象。牧师低声地为
德·拉·波梅雷朗读了他妻子写给他的诀别信，引得他不
禁潸然泪下，虔诚的牧师卷起自己衬衣领口的那团布为

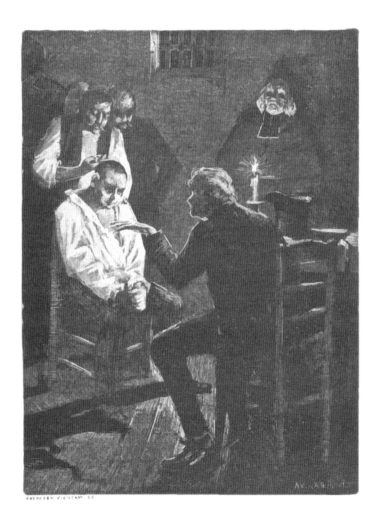

他擦拭眼泪。德·拉·波梅雷站起身，把外套披在肩上，守卫给他松开了绑在手腕上的箍绳。他拒绝了旁人递过来的白兰地，径直与押送他的人员一起迈步走上了通往大门的长廊。当他走到大门口时，便遇见了韦尔波医生。德·拉·波梅雷轻声对韦尔波医生说道：

"一会儿见！以及，永别了！"

突然，那巨大的双开铁门在他面前动了起来，打开了。

天刚蒙蒙亮，肃杀的寒风随即涌进阴森森的监狱。远处的广场宽阔而沉寂，两队骑兵已经把广场团团包围起来。当德·拉·波梅雷出现时，马背上的宪兵纷纷把闪烁着白光的军刀拔了出来，一片刺耳的唰唰声。在骑兵正对面十步远的地方，一个半圆形的断头台赫然出现在眼前。不远的地方，来自新闻界的特派记者们正朝他脱帽致哀。

在茂密的树林后面，传来了夜场里纵情享乐的人群的嘈杂声。在舞厅的屋顶和窗户上，站着一些脸上已长了皱纹、脸色苍白、穿着鲜艳丝绸服装的女孩，她们有的还拿着香槟酒瓶，与身穿黑色衣服的人悲伤地靠在一起。天空中的几只燕子此时正从广场的上方掠过。

唯有断头台孤零零地矗立在那里，使整个环境变得十分压抑。断头台的两根柱子像高举的两只手臂，划破了天际，并在地面上留下了长长的影子，影子拖得很远很远。在黎明泛蓝的天空中，还能看到最后一颗微明的星星在发亮。

看到这个葬礼般的场面，德·拉·波梅雷不寒而栗，但他仍毅然走向了断头台。当他踏上台阶时，一抬眼便看到置于木制支架上的三角形刀子在黑暗中闪着寒光，同它比起来，连天空中的星星都黯然失色。在挺立的十字架后面，他站在固定死刑犯头部的木板前，吻了吻克罗泽神甫用他刚被剪下的头发编成的发带。神甫用手碰了碰他的嘴唇，说道："为了她！……"

护送他的五个人的轮廓就这样清晰地映在断头台上。此刻，周遭寂静得可怕，就连远处一根树枝被好奇的人踩断的声音也与刺耳的叫喊声和狰狞的笑声交织在一起传了过来，这无疑加剧了肃杀的气氛。当行刑的钟声即将敲完时，德·拉·波梅雷一眼瞥见负责实验的韦尔波医生就站在对面的另外一侧，后者把一只手搭在平台上，正凝视着他。德·拉·波梅雷沉思片刻，便闭上了双眼。

突然，断头台直立架的滑轮开始滚动，铁项圈顺势下落，按钮随之弹开，刀光一闪而过。平台被刀片降落形成的冲击力震得左摇右晃，旁边的马匹也因为嗅到浓烈的血腥味，被吓得纷纷前蹄离地，几乎直立了起来。刀片下落发出的巨大声响还在刑场上回荡着。此时，德·拉·波梅雷鲜血淋漓的头颅正躺在面无表情的外科医生韦尔波的手中抽动，韦尔波的手指、袖口与衣物都已被鲜血染红。

德·拉·波梅雷被砍下的头颅上挂着一张阴森惨白的脸，双眼睁开却神情恍惚，脸部因痛苦而完全变形，眉毛扭曲，嘴角抽搐，牙齿似乎在咔咔作响，下颌骨末端的位置血肉模糊。

韦尔波医生匆忙俯下身凑到德·拉·波梅雷的头颅跟前，在其右耳边说出之前商定好的密语。哪怕他的心理承受能力再强，眼前的景象也足以令他不寒而栗：只见德·拉·波梅雷右眼眼皮下垂，膨胀且呆滞的左眼紧紧盯着他。

他歇斯底里地喊道："我以神与我们全人类的名义，祈求您再重复两遍现在这个动作！"

德·拉·波梅雷的眼睫毛竖了起来，仿佛内里用了很大的劲儿。可是，那眼皮却再也没有抬起来。时间一秒一秒地过去了，脸庞逐渐变得僵硬，慢慢地冷了下去，直至完全不动弹。一切都结束了。

韦尔波医生将德·拉·波梅雷的头颅交还给亨德莱希先生，后者打开箩筐，按照惯例将头颅放置于被处决者早已失去生命体征的两腿之间。

伟大的外科医生韦尔波将沾满鲜血的双手浸泡到水桶中清洗。人们忧心忡忡地从他身边匆匆经过，不敢再看他一眼。他一言不发地直起身子，将颤抖的双手擦干。

他神色凝重，若有所思，迈着缓慢的脚步走向自己停在监狱一角的车子。当他刚登上车时，抬眼就看到那辆司法专用车正快马加鞭地朝蒙帕纳斯的方向赶去。

赦罪时刻

献给教宗陛下利奥十三世

我的弟兄们，上苍为了达到它的目的有时会采取一些特殊的手段。

——转引自拉科代尔神甫撰写的《巴黎圣母院讲座》

由于执行死刑的环境发生了变化，我产生了一个非常特别的想法，我觉得应该立即告知大家。

首先，让我们来看看参议院通过（或者说差不多这几天就会通过）的有关闭门处决的法律所产生的影响。

　　既然死刑犯今后必须留在监狱里处决，那么摆满仪器与电器设备的实验台也将被安置在断头台附近。这样一来，科学家们终于实现了此前多次诉求的愿望，也就是在最短的时间内从行刑者那里拿到犯人余温尚存的头颅。这颗头颅被斩断的剖面会很快被他们用蜡或者其他填充材料封上。他们还会把从原躯干流出来的动脉血液重新注入头颅中，同时尽可能让原躯干直立在挖了圆孔的高桌下方。科学家们会把这颗头颅人为地重新黏合到躯干上，努力延缓尸僵发生的时间，并进一步观察其生命气息存留和思想意识延续的情况，以便接下来的处置。

　　这几天，欧洲新闻界披露了某些在被处以极刑的人死后尚未完全停止抽搐的尸体上进行的实验，这些实验超越了普通刑罚，旨在发现人的大脑中蕴藏的意志、自我和灵魂在人死后仍残存的迹象。人们不会忘记，这些盲目痴迷于生理学的人的表现是多么疯狂与荒诞！在颠簸的司法专用车车厢内，在昏暗的灯光下，杰出的大学教授们假借科学实验的名义，毫无怜悯之心地将他们手中长长的针管深深地插入面部扭曲、肌肉抽搐、目光呆滞的年轻死刑犯的大脑中。当饱受折磨的头颅无助地转动着眼珠投向站在旁边的某位教授时，这位学者竟还在其耳边吹口哨。这类实验是在处决之后进行的，持续将近一个半小时。当然，实验开始前，教授们还会虚情假意地为这位接受实验的年轻死刑犯举行一场短暂的所谓"葬礼"。

在人死后施行的这种大脑活体解剖再次验证了"大自然中没有什么东西会消失"的重要真理。实际上，从禁止在处决之前动用酷刑的那一刻起，在杀头之后再施行酷刑不就已是顺理成章的了吗？而且，被处决者已不会开口说话，自然也不会有遭人逼迫的问题，也无须被要求严守秘密，医生们满腔的同情心也发挥不了什么作用。当然，意大利法学家贝卡里亚如果听闻这种说法，必定会惊愕不已；面对这种说辞，连西班牙宗教审判所大法官托尔克马达也会感到惭愧，因为他迫害异端的残酷行径已经被眼前这种崇高的科学进步所超越。但与科学探究精神相较而言，这些无谓的顾虑又算得了什么呢？这类担心不是已经过时了吗？毕竟，人类的未来**永远**①都要放在第一位！个体眼前的利益都是微不足道的，付出任何代价都是值得的！故而，为何不大胆地进行探索呢？这就是我们这个充满光明、富有正义、兼具博爱的时代的箴言。因此，让我们继续前进吧。

---

① 此处法文原文使用的是大写字母，以示强调。法文原文正文中用大写字母表强调的部分在本译本中均用黑体标示，下文不再一一说明。——编者注

*

研究这些令人不安的大脑解剖案例可以发现，相当一部分成见已经被证实是有事实依据的：至少在某些极刑案例中，人被砍掉脑袋之后，仍存在某种短暂超越实存的可能性。行刑的刀锋似乎无法完全割断思维，杀头和其他致死的操作一样，虽然最终都会令人丧命，但死亡并不是立即发生的。或者，确切地讲，死刑犯断头的瞬间，所留下的并非一具**已故之人的**遗骸，而是一个**濒临死亡的人的**身体。

至少，从事人体反射运动研究的专家，从叙埃先生和塞迪约先生到克洛德·贝尔纳先生，再从克洛德·贝尔纳先生到布朗－塞卡尔先生以及当今活跃于该研究领域的新锐学者们，都审慎地认可上述研究结果。因为，如果科学的目的不在于此，那它又有什么权利亵渎尸体，强迫被斩首者痛苦地做出各种怪相来取乐呢？

法律不保护这些被斩首的人。

*

哦！所有这一切对基督徒来说都不足为奇。教会一直允许、批准甚至有时候还要求信徒坚信某些古老的传说（例如关于圣但尼的传说）。现代科学对被砍头者的意识的研究虽然还没有定论，但基本可以得出肯定的结论，这提高了那些古老传说的可信度。圣但尼手持自己戴着主教冠冕的头颅行走的场景不就雕刻在数百座大教堂乃至巴黎圣母院的三角楣饰上吗？奇迹从来都不是完全反自然的：那么多被砍掉脑袋的动物仍能行走或飞翔很长时间，那么多爬行动物即便被切成二十块还在努力重新聚集在一起。因此，以往面对这些神秘的传说总是报以一笑的怀疑论者，如今也不得不低头默认了。

所以，如果说人的头部可以被确认为体现生命本质的地方，而且比其他身体部位更加重要的话，那么，人的死亡就不能单凭我们唇边的最后一口气来证明。针对某些疾病，例如白喉，医生常常会在**颈部**做切口，使人能够在自然窒息的情况下得以存活，此时即便把镜子放到嘴唇上，人也呼不出气来让镜面失去光泽。简而言之，按照基督教的观点，只要灵魂还没离开人那颗接受过洗礼的脑袋，哪怕身体其他部位都已经瘫痪了，也不能断定说某个人已经死亡了。

然而，严格来说，神甫只能祝福而无法赦免那些拒绝信仰、不接受赦罪的人的遗体。因此，在战场上，那些被子弹击中嘴巴或喉咙，抑或颈部被剑刃劈开的濒死的士兵只能通过眨眼的方式快速回答神甫的提问，以便能获得信徒眼中逃脱尘世的重要钥匙 —— 赦罪。

　　人的身体是一个玄秘而实在的整体，没有任何东西可以将它分割，那些身体遭分割的案例都是虚幻的 —— 毕竟，截肢通常会给人造成痛苦。正因人体是个不可分割的整体，人只需通过头颅就能使他的整个躯干都获得圣礼的救赎力量，即使他在混战中失去了左臂或右臂，左腿或右腿。

　　显然，在此处，我仅是单纯从我个人信仰的立场出发进行论述的。其实，在当前这个问题，以及其他很多问题上，我不会接受其他门派的观点。

　　既然：教会在拯救灵魂时毫不犹豫地借助科学的各种资源，且至高无上的教宗也多次接受了电的帮助（这是了不起的谦恭姿态），通过"专用电报"的途径将教宗赦罪令传递给地位尊贵的临终者，甚至还发给普通的虔信者；那些总是被召唤去给已经昏迷不醒、生命垂危的病人做临终嘱祷的神甫常常会询问医生，科学能否让这个神志不清的病人再次睁开眼睛，哪怕只是一瞬，这样他就有机会接受教宗的赦罪了；信徒始终坚信，由于上苍的慈爱与宽恕是浩大无边的，所以，那些以自身转瞬即逝的理性的名义否认上苍慈悲救赎的神奇力量、明天会被所有人遗忘的可怜虫，是极其厚颜无耻的。那么我就谦卑地承认，我不明白基督教这次拒绝追随科学的步伐——这是首次，甚至还选了一个那么怪诞的领域——究竟是出于何种动机。

将近两千年来的历史已经证明，不管是粗鄙的嘲笑、自负的打击，还是讥讽的反对，都几乎无法动摇基督教可靠的裁决，就连所谓的大众舆论也不能压制和左右之。因此，如果超越法律管辖范围的实验台设置在距离我们的刑具足够近的地方，那么在我看来，先验而草率地禁止斩首之后的实验完全是荒谬而怪诞的。我们在亚洲的传教士可能会觉得这项实验既简单又符合正统，因为他们每天都亲眼看到异国他乡的新信徒们的身体在各种刑罚中被拆解成**很多**块（包括头部在内），在巴克街办公的巴黎外方传教会可以证明这一点。

*

凌晨 4 点的钟声敲响了。神甫正利用独留牢房里的时间规劝被判处死刑的人忏悔以获赦罪。可是，绝望的死刑犯却表情冷酷，依旧固执己见不悔悟。神的光芒始终无法照入昏昧的灵魂中。他以冷笑回拒上苍的宽恕，以耸肩藐视庄严的十字架。

这种情形以前遇见过，近来也有过，甚至昨天还在发生。

在这种情况下，神甫作为上苍在人间的代理人，为何不无所畏惧地最后做一次神圣的努力呢？易言之，为什么他不以审慎的贤明为出发点，将类似的话语稍加修改，以下面这种方式讲出来呢？毕竟在科学的框架下，他是被允许这么说的。甚至从现实的角度来看，他完成工作任务后，国家将给予其报酬；他履行了神职人员的使命，教会也同样会支付其薪水：

"我的弟兄，我的孩子，不，我现在还没有和你说永别。你的感官被尘世的浊气所蒙蔽，使你过分沉醉于布满阴霾的人间，过分执迷于动荡不安的天地，世界的时间与空间形成的幻象错觉凝结成了沉重的非真实感。不过，这一切对你而言很快就不复存在了，所有这些将回到最初的虚无之中。正是在这个理性的名义下，你拾起令人心碎的勇气，绝望地面对自己无尽的未来。不少和你一样的人很快将意识到，不信者就只能在看不到尽头的、令人窒息的、黑暗的末日炼狱中赎罪了。

"而我现在就代表上苍跟你好好谈。虽然你还持有某种怀疑的态度，但你的思维意识中却似乎仍有一丝微光在闪烁——在你孤独又温暖的头脑中，它独自负担、承受了身体的罪恶和肮脏。不！我告诉你，只要能够在你的眼中看到这缕微光正随风飘动于深渊之上，就决不能轻率地断定你已经完全丧失了前往天堂的救赎机会！确实，你的心和大脑之间的一切联系看起来都将要断裂了……但你的自我似乎外在于心和大脑而存在。也许，当你的头被砍下来，科学家重新把血液注入脑袋之后，你的脑瓜上转动着的就是充满焦虑和哀怨的眼珠了，我的孩子！或许，**到那个时候**，你就不会再**想**拒绝你现在所抗拒的事情了，而且如果你到时能大喊着忏悔的话，你也会毫不犹豫地这么做的！……因此，我当前的任务就是将你托付给能使你飞向美丽天国的神，让他因为我——他的神甫，跪在这里替临终者祷告——而记住你，因为等到人的头颅被砍下之后，我就不再有权利帮死者诵念祷文，祈求神赦免其罪过了！在这令人望而生畏的实验台前，各种电器设备琳琅满目，就像恶魔的爪子一样，早已对它们的猎物虎视眈眈。我的眼睛会时刻注视着你，你的目光可能也会投向我。

"啊！一旦你渴望神怜悯的光芒穿过孤独可怕的黄昏，拨开笼罩在你心灵上的血红雾霾，照亮你满目疮痍的记忆，你就把这个希望表达出来吧，无论你多不情愿，你都要用非常虔敬的目光自然地望向**高空**，以表达你的愿望！

"如果你真的愿意这样做，我必然挺身而出，丝毫不忌讳世俗的目光，也不理会别人不怀好意的讥笑。哪怕是面对只流露出一丝悔罪的迹象，或者仅有一线**生存**希望，或者因重伤而失去了言语能力的信徒，我也将秉持神圣教义，饱含满腔的热情去拯救他们，因为这是使徒圣保罗自古以来就让我们**背负的使命**，再说，我也**必须**履行'有条件赦免'这项承诺。当然了，如果我真的断定你还有求生的欲望和祈求悔罪的念头，我会以永世之名把手臂放在你的额头上，让你此刻深深地感受到殉道者坚定的信仰力量。而你真正的生命将以不死的、不朽的、不变的形式而实存，它是任何利刃都无法切割的整体，它将完满地呈现在我的眼前，我的弟兄！你在我看来，就像各各他山上忏悔的囚犯一样，虽然尚在痛苦中苟延残喘，双眼也早已被蒙住了，但最终仍然会得到神的垂怜，正式获准升入天堂。

"上午 11 点钟赶到的工人，他们可以得到和从早上开始干活一样的薪酬，而你这个迟到的工人却在接近午夜 12 点时才赶到！但无所谓！肯定还来得及，你尽管放心。此时此刻，从你的眼窝深处将会投射出朝上苍凝望的目光，'呼唤上苍以公义之名引领你走向神的荣光'①。而一旦确确实实地在你眼中看到了救世主给予你的希望——哪怕是最渺茫的一丝——我又有何权利怀揣傲慢且有害的犹疑，不愿助你摆脱痛苦，不愿为你打通和

---

① 引自莱昂·布洛瓦《尘世启示者》第170页，第16行。——原注

平之路，不愿让你比我们任何人都更早地获得永生呢？
如果我自以为是地那样做的话，那么我们那只要一声
召唤就能让拉撒路复活的上苍明天一定会责问我的。对
吧？！当你的大脑不再疲于精打细算时，我就可以断定
你有资格接受洗礼圣事
了；当你流露出忏悔的
意愿时，我怎会拒绝赦
罪于你呢？"

总而言之，既然科
学总是依托自己充满魔
力的武器库从各个方面

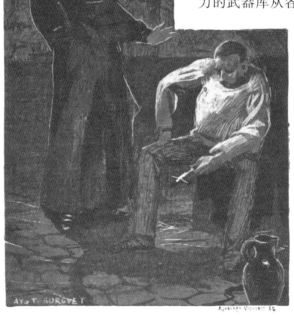

对信仰进行攻击 —— 至少在那些不明经典注解、不通人类情感、不持绝对信仰的人眼中是如此 —— 我不明白基督信仰为什么会想不起来自己本身就源于神迹。因此，尽管神甫与囚犯之间订立的刑前协定看起来很是**奇怪**，但它也只会激起那些过于挑剔的逆教徒心中的反感！因为，确切地说，这种协定对于过去那些不畏对立教派的迫害而公开自己信仰的基督徒而言，不管是从事理，抑或是从情感的角度出发来看，都再**稀松平常**不过了。须知，今日教会的信仰基石正是当年老教徒们奋力构筑并极力维护的。

一种新型职业

人们很快就会在《外省时报》上看到如下事件的报道（这种报道通常是用那些旨在曲意逗趣、行文夹杂外来语、内容庸俗不堪的报纸上都能看到的戏谑方式撰写而成的。我们必须承认，有些极端激进分子很偏爱这种行文方式。虽然此类风格滑稽的文章惹人喜爱，但本质上是一种道德的下滑、人性的退步）：

"最近，出身于昂古莫瓦地区乡绅中最负盛名的博诺梅家族的埃尔米妮与早已远近闻名、才华横溢的伊莱尔·德·罗蒂巴勒子爵喜结连理。昨晚，年轻、甜美而又略带忧郁的罗蒂巴勒子爵夫人和她的表兄——一位颇有名望的骑兵中尉——携手在自家邸宅的大花园里悠闲散步。在这个温柔似水的仲夏之夜，熠熠星光照亮了他们幸福的笑容。突然间，好似从远处树林里传来了一声巨响，那声音就像卡宾枪射击的猛烈响动一般。继而，美丽的罗蒂巴勒子爵夫人发出了一声惨叫，瞬间即浑身是血地倒在她那位骑士表兄的怀中。用人们见状连忙跑过来，将其抬回她的卧室里。此时，众人发现他们的女主人已奄奄一息：她清秀的脸庞被流弹削去了一半，虽然医生们奉命匆匆赶到，但由于鲜血把她浓密的头发都凝结在张开的伤口上，所以始终无法将弹片取出来。今天上午 9 点 50 分，子爵夫人在经历了长时间的痉挛和痛苦的昏迷后撒手人寰。我们将对她的脑部进行解剖，并把弹片取出来交给当局。

"她的丈夫具有重大的作案嫌疑，各种严厉的指控都纷纷指向罗蒂巴勒子爵。有传言称，已被压抑太久、终于忍无可忍爆发的嫉妒之情可能是理由最充分的犯罪动机。特别异常的是，在枪杀事件发生二十分钟后，当人们正四处搜寻子爵的下落时，警方却在车站将他逮住，当时他正提着行李箱准备跳上开往首都的特快列车。罗蒂巴勒子爵被带到预审法官那里后（预审法官正忙于调查其他五起犯罪事件，所以正好不在），不得不在看守所中过夜。在关押期间，他只同警察局局长提及了一个叫作'离婚者协会'（？）的组织，他本想在巴黎向该组织发电报中止一笔重要的订单，不过现在显然做不了了。难道他的所作所为是在装疯卖傻吗？坊间认为，当这些文字见诸报端时，他应该已经接受了第一次讯问。这起命案在当地引发了轩然大波。民众都期待他坦白事件的真相。

"不过，请我们的读者放心：尽管被告是有爵位的人，但这一次教会不会掩盖事实，感谢上帝，上天已经不再插手我们的刑事审判了。"

*

法院书记官记录下了案发后第二天早上，预审法官在他的办公室与罗蒂巴勒子爵之间的一段奇怪的对话，纵然是对案情最有疑问的人看了这个记录也会感到愤慨。

在经历一夜的羁押之后，罗蒂巴勒子爵被带到预审法官的办公室。这位令人肃然起敬的法官对这位风度翩翩的年轻人的到来显然有些惊讶，因为其高雅的举止似乎已经否认了公众谣言中所涉及的可耻罪行。然而，当罗蒂巴勒子爵严肃地意识到其有可能要与"本案受害者"的尸体进行对质时，他便以一个世故的微笑中断了他与预审法官的对话：

"法官先生，"他一边说，一边努力保持镇静地调整着他的眼镜，"我必须提醒您，您完全搞错了。这个谜一般的不幸给我带来了莫须有的罪名，公众简直就是在胡说八道，对此，我心中十分不快！他们竟然说我像只普普通通的鹌鹑一样躲藏在某棵高大的树木的枝丫上，朝一位讨人喜欢的女人开枪，并且这个女人还是我的妻子？我竟然是出于'嫉妒'才这么干的？啊！您看我这惊讶的叫声都快像是在给意大利男高音谭伯利克唱和声了，都把《奥赛罗》唱到升 C 那样的高音了——虽然我唱得不怎么样。我要是有如此奇幻的想象力，难道预见不到自己会被立刻抓住吗？我们别说这个了。另外，就让我们用一句话驱散所有笼罩在这桩案件上的阴霾吧！我目前的境况与那些过时的、夸张的言辞所描述的情形完全风马牛不相及，请您记住：我和她已经离婚了。"

"您说什么？"

"哦！作为一个离婚者，我确实让参议院蒙羞了。对此，我有义务开诚布公地解释一下。

"经过六个月的婚姻生活（我对我所提供的数据负责，法官先生），我跟您说，子爵夫人和我在经历了最初意乱情迷的热恋之后，相互之间仅剩下亲切的敬重来维系彼此间的情谊了——这份敬重也让我们两人之间的秘密变得如此温存。在社交圈里，我们并不太苛求双方要彼此真诚相待，坦白自己的新恋情。总之，为了向您说明我们家的真实情况，我会用几句话向您描述我们是在何种约定条件下结为夫妻的。早在结婚之前，我的家产就已在各种赌局、形形色色的聚会和与不同女人的交往中挥霍殆尽，我不得不绝望地认清现实。必须承认的是，我身边没有一个朋友愿意给我这样一个极度贫困的人预支五百金路易①。所以，要如何体面地生活呢？既然我是贵族，就得名副其实啊！……在经过长时间的反复思考之后，为了不再终日游手好闲，我决定成立'离婚者协会'，我自己担任会长。

"您看，这一切多么简单啊。就像哥伦布竖立鸡蛋一样易如反掌。我甚至可以补充一句，这个秘密只有在发生了我如此荒诞地成为您的囚犯这样的神秘事件后才会

---

① 金路易，原指由路易十三首次发行的法国旧金币，大革命后被法郎取代，后在日常用语中用于指称20法郎硬币。——译者注

被公开。不过，啪！①如果我退出协会，他们恐怕就要乱成一锅粥了！"

"您继续说，继续说……"法官猛地睁大眼睛说道。

"事情是这样的。

（此处，罗蒂巴勒子爵突然提高嗓门儿，然后开始滔滔不绝地演讲。）

"当我们的密使（他们真的是一群机敏干练的侦探）告知我，有这么一位来自'受人尊重'的家庭的优雅女士因受花言巧语蛊惑而失身怀了孕时，我便立刻从天而降，去到外省，费用由协会垫付，利息为十五个点。我得以轻而易举地进入这个不幸的家庭中。我抛出我那尊贵的姓氏，并让他们知道（当然，是用最为温柔而迂回的辞藻），我已经准备好把罗蒂巴勒家族的盾形纹章预先授予那孩子了（法官先生，私下里跟您说一句，我们家族很少把盾形纹章授予外人），可令这脆弱的小生命成为我那光辉闪耀的家族的一员 —— 我可以在一趟前往意大利的例行旅行途中完成这项工作。但是，诚如撰写《荣誉与金钱》的诗人所凝练概括的那样：'生意就是生意。'我在和她的临时婚姻合约里就写明了，十万法郎，这是我向他们开出的价钱。啊！您瞧，我从来都是紧跟时代

---

① 宛如哥伦布把鸡蛋按在桌上立起来的声音。——译者注

潮流的。我的妙计能让所有人都满意。简而言之，我就是那种死后能在墓碑上刻着'此人终生行善'的人。为了活跃两人相处的气氛，我懂得如何通过诗意化的迂回表达，巧妙地向我的未婚妻描述：上天在我出生那天给我开了个玩笑，赋予了我天生……近视的特征。在结婚六个月后，我与我的子爵夫人通力协作，让'离婚者协会'的成员们证实我们之间明显性格不合，存在家庭暴力、生活不检点、出轨等问题。这一切都是为了那个赔偿款，毕竟只有团结合作才能做大事。我承担了所有的过错，还假装强烈反对分手……然后，咔嚓！我离婚了，**'我的'**儿子会继承我的姓氏与爵位，成为罗蒂巴勒家族的正式一员，荣誉和头衔应有尽有。不过，最重要的是，我们协会得到了十万法郎。

"依照线人透露的新消息，下半年，我又前往另一个从未去过的省，以我先前的积蓄，谁会质疑我呢？

"然后，相同的戏剧情节再表演一番。六个月后，啪！我又离婚了。如此循环反复，像滚雪球一样越滚越大。成功只是个时间问题。您看，这一切操作起来真的不复杂，不就是与哥伦布竖立鸡蛋一样轻而易举吗？"

预审法官听完罗蒂巴勒所讲的这些话以后，默默地看了眼前这位自以为是的年轻人许久，然后说了一句：

"您真是个玩世不恭的无耻之徒……"

"请您让我把话说完，"罗蒂巴勒先生打断了法官的话，然后继续面带微笑地用他悦耳的声音讲道，"我原本应该在我最近这段婚姻结束之后就金盆洗手了，人要学会见好就收；而且目前我的财富已经达到我梦寐以求的数目——百万资产，全都是我**合法**所得，没有背负任何债务。因此，我打算从此隐退，让我的第六位子爵夫人和她亲爱的表兄一起接手罗蒂巴勒家族的领地的管辖权（我们在订婚前就已经商定好的离婚诉讼目前已在进行中）。然后，我会返回巴黎，重新开始美好而惬意的单身生活，但这次我会吸取过往的教训，不会再重蹈覆辙了。这是一个现代绅士应该且必须优先选择的生活方式。可就在这时，您命令警察让我跟他们回来，并且在路上告诉了我昨晚所发生的悲惨事件，不过，没什么问题，一个糟糕的晚上很快就会过去了。

"您是法官，阳光下您应该秉公执法。您好好想想，我这么一个有原则性的人，以我将夫妻之间的情爱看得如此一文不值的秉性来看，怎么可能会做出这种丧失理智的举动？这简直就是个笑话！我把我的妻子杀了？您竟然这么认为！天哪！不，先生，我是一个正直高尚、务实清白的人，向来遵纪守法，绝无可能杀害我的妻子！总之，我已坚定地选择要做一个模范丈夫，而且我会一直这么做。"

"一言以蔽之，"法官反驳他说，"为了重新聚积财富，您就把自己变成了一个创立合法一夫多妻制的企业家？您的职业就是不断地合法娶妻再婚？"

"您觉得我应该当个职业作家更好是吗？"

"在做出这种极端选择之前，您就没有尝试过谋求一些体面的职位？……"

"谢谢您的提议，您是让我去博取别人的同情吗？或是打通层层关系，找到个铁路涂油工的工作——这种好事几乎总是要等到乞求者去世后才能得到，就像拉罗谢尔四中士在死后才被赦罪一样对吗？别跟我说这些！作为一个严肃认真的人，您很清楚，大胆地毁掉自己的妻子，搬到某个能接纳自己的孩子家里定居，赌博时在牌边做记号并优雅地将这张牌打出来，然后任人评说——简而言之，不惜一切代价地做一个所谓'引人注目'的人物——总是更受公众关注的。其余的，都是一周之内就能被原谅或者被遗忘的琐事。相信我：不要对世俗的看法表达不满。赢得精英人士的赞许又有什么意义呢？我们应该恪守道义，礼貌地夸赞那些没有人实践的梦想中的道德！但是我们要遵循的是现行的道德观——愁眉苦脸的中世纪骑士陈旧的道德观念早就已经不合时宜，化为灰烬了。因此，我同情那些性情易怒、无可救药的落后者，他们不愿意尊重我，而我对此却并不在意——我已经权衡过了。先生，我很惊讶，如今出现了这种始料未及的悲惨事件，我竟然成了鳏夫。现在再继续谈论下去似乎不太合适。请允许我去为已去世的人尽最后的责任吧：我想，她那个悲伤的表兄，也就是她的未婚夫 Z 男爵，应该已经在服丧了；对于我来说，我在这里耽搁太久也有失礼仪……至于对案件的调查，您在那里应该比在这里更能收集到证据，我说得没错吧？走吧，我们一起出发吧：我的轻型马车此刻应该在楼下等我；从这里到我家，不过二十分钟的路程。"

在说最后这句话的时候，罗蒂巴勒子爵已经从椅子上拿起他的帽子站了起来，准备恳求预审法官一起前往，而法官还沉浸在他所描述的内容之中，只见他半张着嘴，始终没有缓过神来。

*

就在这个时候，刚从城堡返回的市警察局局长匆匆走进预审法官的办公室。

他把一封密封的信交给了法官，然后向年轻的绅士深深地鞠了一躬，说道：

"医学院的医生们当着我的面给子爵夫人做了尸检，这是尸检报告。"

预审法官浏览了一遍医生们撰写的这封信后，以一种前所未有的惊愕感读出了附在下面的尸检报告（该报告一如既往地使用了我们在故事开头提到的那种极端庸俗、浮夸，只为煽情的行文方式）：

"预审法官先生：

"我们迫切地希望把我们的检查结果通报给您。今天上午大约 8 点钟，我们有幸从罗蒂巴勒子爵夫人的脑髓中提取到导致其死亡的那颗弹丸。我们相信，当您得知这颗弹丸是一种非常奇怪的矿物标本，而不是一块铅锭的时候，您可能会比我们更加惊讶。以下是对本案中死者大脑里为何会出现这颗弹丸的简单又奇特的解释。

"预审法官先生一定记得，根据科学统计，在我们法国晴朗的夏夜里，当自然界沉寂下来以后，成千上万颗闪耀的流星 —— 这些来自月亮的陨石 —— 就会纵横交错地划破天际，穿过我们的大气层，有时还会伴随着一阵好似枪响的爆炸声。而非常奇特的是，经过深入分析，我们不得不承认，毫无疑问，最终导致可悲的子爵夫人成为无辜受害者的正是此种罕见、致命的偶然事件。当时，一颗火流星在与花园里大树等高的位置发生爆炸，陨石的一块碎片朝几乎与陨石下落的路线成直角的方向飞溅而出，像一颗炮弹一般击中了正在花园中散步的子爵夫人的头部。唉！……因此，该责怪的是我们的卫星 —— 月亮，它才是这桩案件的罪魁祸首。我们市博物馆的馆长、博物学教授诚挚请求罗蒂巴勒子爵同意将这个致人死亡的天体样本存放在本市的博物馆中。

"在 1885 年 6 月里的这一天，我们共同见证了以上所发生的一切。

"签名：L 医生和 K 医生"

"天哪！这真是闻所未闻的事情！"罗蒂巴勒子爵听完报告后平静地感叹道，"之前在报纸上写文章的那个爱开低级玩笑的记者提及我这件事的时候，还特意强调'上天已经不再插手我们的刑事审判了'呢！……"

预审法官沉默了许久之后，宣布道：

"子爵先生，您自由了！"

罗蒂巴勒先生微微一笑，然后朝法官鞠了一躬。

随后，在楼下的广场上，人群欢呼着迎接罗蒂巴勒子爵无罪释放走出看守所，他点燃了一支香烟，匆匆地写下了两句话，准备通知离婚者协会中止诉讼。紧接着，他让仆人把电报送到电报局。

然后，他跃身上了轻型马车，拉起缰绳，骏马欢快地朝他的庄园碎步小跑过去。

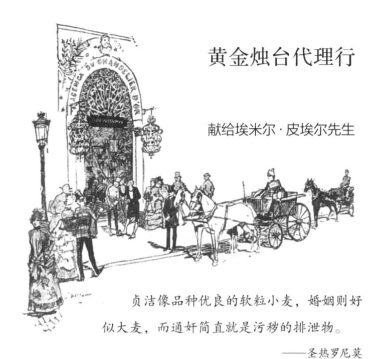

黄金烛台代理行

献给埃米尔·皮埃尔先生

贞洁像品种优良的软粒小麦，婚姻则好
似大麦，而通奸简直就是污秽的排泄物。

——圣热罗尼莫

最近，两院议会随随便便地投票通过了一部法律，
其附加条款明确规定："合法妻子被当场抓到与他人通奸
的，不得与其奸夫结婚。"

这种强有力的法律条款给已遭遇此类问题、热切期盼
收获好消息的家庭带来了沉重的打击。许多人顿时愁云满
面，眼神低垂，沉默不语，暗自叹气。简而言之，所有人
看起来都持质疑态度："事已至此，还有什么意义呢？"

噢，健忘的美人们！你们都忘了自己身居巴黎了

吗？……难道巴黎这座城市不是每时每刻都在围着我们
绽放绚烂的烟花，给我们带来奇异的惊喜吗？这座举世
闻名的首都不是连舍赫拉查德①也感到困惑吗？这座拥有
一千零一个奇迹的城市不是轻而易举就会发生一些非同
凡响的事情吗？

在参议院颁布法令的第二天，伊拉里翁·德·内努法
尔少校——一个彻头彻尾的现实主义者兼天资聪颖的革
新者，便找到了一个既能很好满足女士们的期许，又能
迂回应对刚出台的法律的策略。

他这个办法将让连日来愁云满面的女士们喜逐颜开，
脸上重新堆起梦幻般的笑容。

伊拉里翁凭借出类拔萃的业务能力，让"黄金烛台
代理行"迅速运作起来。刚成立不久，它便征服了全巴
黎优雅的时尚潮流：对于社交名媛们来说，参加代理行
今年秋季举办的高端活动就是她们梦寐以求的愿望。届
时，代理行将推出诸如"花式罗密欧""仿真诱惑者"的
租赁服务，名媛们只需支付很少的钱就可以实施**虚拟**的
通奸行为，并以此为借口与原配偶结束婚姻关系，之后，
在某个道德上可接受的时间与真正的新恋人悄悄结婚。

黄金烛台代理行不愧是值得信任的机构。

---

① 舍赫拉查德，《一千零一夜》中的苏丹新娘。——编者注

该代理行给委托人提供了特殊保障，并按照严苛的条件筛选、安排离婚风波的替罪羊。作为合法正规的机构，它面向那些对目前的婚姻生活已经不抱幻想，分手后仍希望能找到崭新的、心仪的、忠诚的伴侣的女性。

至于安全方面的问题，伊拉里翁早已将一切安排妥当。这位婚外情事件的幕后推手在现代社会中的使命几乎像祭司那般神圣。他为人正直，与委托人休戚与共，甘当她们的担保人，在她们发生虚拟的通奸行为前二十四小时就会采取相关措施，切实负责地为客户保驾护航。具体来说，他会让准备与女性客户进行虚拟通奸的男子服用一种特制的软糖式药剂——此种灵丹妙药已广受医学界认可，该药物的有效成分（出于高尚的使命配制而成）可以让服用者的性冲动受到抑制，避免其对女性客户造成侵害。当这种药物被身体充分吸收之后，服用者甚至能够与心如止水的圣安东尼相媲美，从而成功经受住美色的考验。由于这种"忘欲剂"能让心血来潮、任性无常的人彻底变得无欲无求，因此不会出现任何纰漏。这是攸关代理行荣誉的事。而女客户的新恋人们能把自己的心上人托付给无欲无求的替身，自然也就高枕无忧了。

鉴于代理行这一巧妙的先决程序（其实，为了维护公共利益也须如此做）捍卫了社会礼仪规范，公众从此便默许这些无足轻重的第三者介入离婚事务。

现在，黄金烛台代理行向公众提供了方便，让他们随心所欲地、不受限制地自由结婚。一些时尚的、意图摆脱宗教束缚的自由思想家立马订购了这项服务，甚至还期望手续进一步简化。

*

在创业之初，伊拉里翁·德·内努法尔少校就已经意识到，机构要有好的发展前景，靠他单打独斗是行不通的，需要花钱雇佣一帮愿意干脏活累活的代理为自己冲锋陷阵。他一眼便相中了那些在总同盟银行①里过惯了安逸舒适的日子、花钱大手大脚的青年才俊。这些人往往先在负有盛名的海滩轻易收获艳情，迅速坠入温柔乡，随后便开启了吃喝玩乐的生活节奏；最终，在某个晴朗的早晨，股市崩盘的飓风突然来袭，将他们纸醉金迷的日子彻底毁灭了。

当他们突然变得一贫如洗时，伊拉里翁预感到自己有朝一日也可能步他们的后尘，为此他一直关注着这群倾家荡产的巴黎年轻人。尽管他们外表看起来依然优雅

---

① 总同盟银行，法国一家由保王党人创立于1875年的银行，1882年因股市崩盘而破产倒闭。——编者注

光鲜，私底下却总为一日三餐发愁。现在，对于伊拉里翁来说，他们俨然已成为女性客户们虚拟通奸对象的最佳人选。于是，在法令条款颁布的当晚，伊拉里翁便把这群陷入生活困境的青年人召集到他事先专门租用的会议室中。

当这群青年人争相涌入这个位于巴黎地理学会、装潢高档的会议室之后，大门便悄然关上了。

一上来，伊拉里翁直接开门见山。他一边搅动自己杯中的糖水，一边热情洋溢地把他打算如何运营代理行来盈利的创新型构思和盘托出，并主动提出让这群年轻人来具体实施这套方案。

伊拉里翁话音刚落，人群中便传出一声惊呼！这个企业的诞生对他们来说就像沙漠中的落难者遇到了绿洲一般。加入黄金烛台代理行将为他们带来财富，给他们送去未来的希望！他们很快又能身穿华丽的服饰漫步林荫大道，很快又能出入赌场豪掷千金，很快又能在阳光下策马奔腾，很快又能手挽名媛贵妇在花前月下约会了。乌拉！这些正是少校所赐，众人的欢呼声眼看着就要把少校淹没了，于是，他只能猛地高喊一声，迅速宣布还要签订"道德保证书"（服用"忘欲剂"），现场的热烈气氛顿时像被施了魔法一般冷却了下来。

一时间，许多人开始犹豫不决。但很快，就连最有顾虑的人也被少校的天才游说所折服。大家一致认为必须举行庄严的仪式来告别过去，预祝美好明天。他们将杯中的酒一饮而尽，并以此向圣"心如止水者"致敬。这个极富高卢风格的举动最终促使大家认可了道德保证书并在上面签字。一小时后，黄金烛台代理行正式成立，众人也满怀希望地各自散去。

今天，整个巴黎都沸腾了！黄金烛台代理行全天候运营，股价一枝独秀！一些有权势的名媛贵妇早已把今年的蒙蒂雍美德奖内定给了伊拉里翁这位天使般的创业人。

*

啊，如果非要说清楚伊拉里翁获奖的缘由，那就是他大手笔地开拓了一项前所未有的、惠及无数客户的业务，使她们的需求得到充分满足。

紧接着，代理行又通过与各大知名酒店签订协议，开辟了最高级别的约会场所，为蜂拥而至、准备实施虚拟通奸行为的男女提供了便捷、舒适、周到的客房服务。

这些屋子供打算离婚的女性使用，识别起来很容易，内部装饰着稀有的植物。当匿名告密的信息传到她们的丈夫耳中时，即使是最冷静的人也会愤怒得跳起来，他们会迅速赶过来捉奸。为了避免发生不必要的危险，代理行总会及时打电话通知各个街区的警察，让他们提前在屋子附近蹲守，像碰巧遇到早已心态失控的丈夫一样给后者提供帮助，而离婚则几乎已成定局了。

从今以后，再也不会出现被捉奸的第三者从屋顶逃逸，阳台上挂着各种奇装异服用于遮人耳目，甚至各种擦枪走火等旧时桥段，感情冷淡的双方更不需要忍受激情消退带来的痛苦。从出轨到捉奸，进而到离婚，乃至再婚，一切都以优雅的方式进行，这是真正意义上的文明征服野蛮，是和谐美好的社会进步。

在女客户等待丈夫出现的过程中，伊拉里翁雇佣的那些年轻的巴黎人会给她们朗读我们国家优秀文学作品的选段，或者跟她们讲述精彩的故事。

而一流的发型设计师会提前为女客户和虚拟的通奸对象梳妆打扮，精心地把双方的头发弄得凌乱不堪，以将赶过来捉奸的丈夫的怒火煽动得更加猛烈。

少校心思细腻之处还体现在房间氛围感方面的精巧设计。他让人在客房的墙壁内安装了一台留声机，当女客户的丈夫在外面愤怒地猛烈撞击房门时，留声机便时断时续地大声播放着躁动挑逗的话语和娇哼低喘的叫声。

代理行的离婚服务级别按照价格高低分成一等、二等、三等，就像葬礼的等级也同样明码标价一样。

离婚就是荣誉的葬礼！

代理行的办公场所就设在勒加尔街上，代理行大门上方是柏拉图标志性的半身像。黄金烛台代理行在其发票账单上骄傲地印着著名的外交箴言："Non possumus." [1]

代理行始终奉行"注重诚信、严守秘密、低调行事"的信条，在巴黎没有设置其他分支机构，价格不随意变动，亲民诚信，交易中绝无欺诈行为。

*

总而言之，尽管我们还很难相信这家公司存在的真实性，但无论如何，得益于现行离婚法中限制性规定的表述方式，这家精明的企业在不久的将来肯定大有用武之地。

成立这样的企业难道不是合情合理的吗？

其目的不就是"纠正"当今社会上"灵魂伴侣"的数量日益减少的"扭曲"情形吗？

至于该公司的大量年轻雇员，企业"养活"了他们，让他们不再无所事事。这样的企业不就正好为这些本不受人关注，却整日游手好闲的危险群体"解决"了温饱

---

[1] 拉丁语，意为"我们无能为力"。——译者注

问题，从而"消除"了社会隐患吗？……

现在从道德的立场来看，既然在法国，按照法律的规定，古老而神圣的婚姻誓言已经不再是无条件地发挥作用了，那么，旧时真实的通奸背誓被虚拟通奸所取代不也可以说是合乎逻辑的了吗？一边是演员，另一边则是受人操纵的傀儡。

在今天的法国，人们把"实现自由"视为理想状态。而黄金烛台代理行的盛行再次证明，我们的"智慧"胜过任何负担沉重的忠诚。

*

但这里确实还有另一个情况！一件离奇的事情！尽管伊拉里翁·德·内努法尔少校已经做了细致入微的预防措施，但这些谨小慎微的做法在形式上还是受到质疑和挑战：偏偏有一些出身高贵的小姐，对于虚拟的通奸行为还是不放心！简单来说，就是有那么几位棕种肤色的贵妇自负而尖刻地声称，她们对使用"忘欲剂"来实施虚拟通奸行为的安全性仍然半信半疑。

为了避免这些过度焦虑的美人可能带来的不利影响，伊拉里翁这一次像亚历山大大帝一样快刀斩乱麻地解决了这个难题，果断地设立了代理行的一个分支机构：东方办事处。

他急忙赶往君士坦丁堡①，决定从在奥斯曼帝国前任
苏丹不幸离世后不久就被解雇的宫廷侍卫中精挑细选一
批合格的勇士，并招入自己的麾下。

正如我们所知，这些典型的东方卫士早已通过科普
特人的严苛审查，他们不仅一个个肤色白皙、样貌俊美、
英勇无畏、体格强健，而且都"拥有高尚的道德品质"，
完全不需要服用任何药物就能经受住美色的诱惑，因此
相比伊拉里翁最初招募进来的那批巴黎年轻人更加能让
一些担忧药剂会出问题的女性安心。

主管这些宫廷侍卫的官员穆斯塔法·本·伊斯梅尔
非常欣赏伊拉里翁从奥斯曼帝国引进人才的做法，据说
他已经同意转让两名被该国整个新闻界誉为"当今勇士"
的侍卫。但代理行对候选人的考核却极为严苛，当其发
现这两个勇士肤色都比较深时，便直截了当地拒绝了这
桩交易。

听到从东方办事处传回来的这个消息后，整个巴黎
上流社会都沉浸在欢乐的气氛中，优雅的贵妇们已经迫
不及待地憧憬和来自土耳其的勇士会面与"媾和"（这种

---

① 君士坦丁堡，今土耳其最大城市伊斯坦布尔的古称。1453年成为土耳其奥
斯曼帝国都城后始称"伊斯坦布尔"，但官方层面一直沿用"君士坦丁堡"
这一名称。直到帝国崩溃后的1930年，土耳其共和国才宣布将"伊斯坦布
尔"定为该城市的唯一正式名称。——编者注

表达显然带有讽刺的意味），而公司里那些巴黎年轻人则有点儿垂头丧气。

对于这些上流社会的贵妇来说，所谓好的品味，就是绅士要像她们朝思暮想中的侍从骑士一样给予自己满意倾心的服务、体贴入微的关心、含情脉脉的抚慰——比如，赠予小礼物、糖果，或者采用其他成千上万种令她们赏心悦目的报偿方式。这群任性无常的美人将组成一个代表团，携着娇艳的花束，在凉风习习的尼斯海滩边的橙子树树阴下，翘首等待那些从未被爱情滋养过的勇士千里迢迢乘船来法国，并为他们举行一场热烈的欢迎仪式。这便是法国女性对一切新鲜事物的痴狂与迷恋！

她们心里已经开始盘算着怎么把异邦的勇士宠坏，好让他们乐不思蜀。

嗯！这可真不容易啊！

因为，每个人都挚爱自己的故乡，童年生活过的地方是最先给予他们关怀的热土，那可是他们呱呱坠地时看到和蔼的眼神围绕着摇篮冲着他们微笑的地方。

是的，童年的记忆是刻骨铭心的，令人一生怀恋的。

可以确信，如果他们入籍，某些选民就会像孔雀一样大声尖叫着要求修改法国宪法。

"安拉！安拉！哦！安拉！"

如此一来，参议院多数派的声音将变得更加洪亮！

左派已经声称这将成为投机主义的天鹅绝唱。令人惊讶
的情况将会是，在经历了一番又一番激烈的诉讼与申辩
之后，每位来自奥斯曼帝国的绅士都能够毫不费力地赢得
一个可以超越唐璜的光荣名声！然而，这就是历史的书写
方式。

　　如今，黄金烛台代理行已经取得了令人震惊的成
功！由于担心可能无法兑现这个冬天暴增的订单，为防
万一，伊拉里翁每晚都在给君士坦丁堡发电报。

　　各位想要最终迎娶贵妇的男士都来巴黎吧！选择权
就在你们钟爱的贵妇手中！赶快带着你们的钞票来黄金
烛台代理行呀！既然参议院已经批准了，那就让我们尽
情为此欢呼吧！

白象传奇

去年，W 勋爵决定给动物园添置一头名副其实的白象。

身份显贵的英国贵族阶层常常会突发奇想。

伦敦刚刚斥巨资购得一头周身灰蒙蒙、长着零星粉红斑点的大象；但据专家说，这头所谓的东南亚偶像级动物质量堪忧。按照他们的说法，在此之前，从中获益百万的缅甸王子在将大象卖给精明的巴纳姆[1]时，为了抬高大象的身价，特意捏造了此次交易的渎圣属性。或者更确切地说，即使动物园只支付一半的价钱，这位著名的吹嘘者也已经赚回几倍的本金了。

---

[1] 费尼尔司·泰勒·巴纳姆（1810—1891），美国马戏团经纪人兼演出者。
——编者注

事实上，在高亚洲①附近的许多地区，只有当这种厚皮动物患上白化病的时候，人们才会在心中将它敬奉为一座会移动的、纯洁的"雪山"，并赋予这稀有物种神圣的特性。至于那些颜色不明或有各种瑕疵的大象，人们对它们的崇拜可能程度不深，甚至完全没有。

而 W 勋爵出于民族自豪感，决定完成使命，誓要将这种罕见的神兽带回英国，以丰富当地的物种（这次毫无疑问一定能实现）。

W 勋爵是在和一位密友的私人交谈中受到启发的。他的这位朋友是个极度热爱冒险的旅行者，多年来一直热衷于丛林探险，在伊洛瓦底江（即缅甸版尼罗河）源头的神秘森林中出没猎奇。有一次，他在一张特殊的地图上发现了一座位于北纬 22 度附近的古老城市。他徒步横穿这座偏远荒废的城市，走过寺庙的残垣断壁，蹚过蜿蜒的河流，跨越阳光普照的明纳波尔山谷。在一个美丽的夜晚，这座圣城附近的一块空地上，他遇见一个驭象人，后者正牵着一头白象，在虔诚地诵经。这头神秘的大象似乎笼罩在一片银光之中，完全与皎洁的月光融为一体。

众所周知，在缅甸，无论是畜养的大象还是野生的大象都归属于皇帝，皇帝会在战争中征用它们。按照传

---

① 高亚洲，亚洲中部以青藏高原为中心的高海拔区域。——编者注

统，皇帝必须拥有一头质量上乘的白象，并专门给它提供一座宫殿，配备一些官员，拨出一笔经费用于圈养与看护。一般来说，每一百年总会出现三四头白象。鉴于物种的稀缺性，宗教法明令禁止白象被带离国境。某个佛教传说预言，若有一天在他国看到白象，那就是缅甸帝国灭亡的时刻（两百年前缅甸与暹罗①之间血腥的战争就是两国争夺这个神奇物种中区区一头的所有权引发的：当时暹罗国王拒绝将一头白象让与缅甸）②。早前，英国在阿萨姆地区的沼泽地集结大量军队，经过长时间的拉锯战，最终占领了曼德勒。但是，如果英国人胆敢要求缅甸给他们进贡一头"雪山"白象，那么缅甸全国各地都会奋起，对英发动一场毫不留情、无休止的神圣战争，英军的最新战果恐怕要受到威胁。至于要是有胆大妄为的外国人企图偷盗一头白象并被发现的话，那么任何政治干预都无法赦免他们，盗猎者们最终的下场只可能是在长时间的痛苦折磨中死去。

正如我们以上看到的那样，英国贵族 W 勋爵心中珍

---

① 暹罗，泰国的旧称。——编者注
② 此处括号中描述的应是1563—1564年缅甸与暹罗之间发生的白象之战：1563年暹罗国王摩诃·查克腊帕获七头白象，被尊为"白象之君"；同年缅王莽应龙遣使索求白象两头，遭拒，遂率大军入侵暹罗国。作者囿于时代，对东方历史的了解有一定偏差，将"两头"误作"一头"；同时，白象之战发生的年份距作者所处的时代有约三百年的时间，故此处的"两百年前"应为"三百年前"。——编者注

视的这个计划执行起来面临诸多困难。但是，他仍然把捕捉白象的冒险行动中可能会遇到的危险列成清单，连同地图一起交给了著名驯兽师马耶利斯。倘若这位勇敢的驯兽师和他的手下们能够成功逮住那头指定的白象，并穿过缅甸各个部落领地到达海边，最终顺利地将其从亚洲运至英国，在泰晤士河的码头上交给勋爵的话，他们将得到一笔五十万法郎（折合十万英镑）的酬金，而这位英国贵族接着会把白象送到伦敦动物园。

马耶利斯的一只手曾被狮子的牙齿咬穿。他一边倾听 W 勋爵的计划，一边若有所思地捋着胡须。沉默了片刻，这位驯兽师便接受了任务。

马耶利斯拿到协议以后，花了几天的时间便招募了六七个沉着冷静、经验丰富的"皮裹腿"[①]。紧接着，作为一个务实的人，他意识到，要从这个危机四伏的国度将一头白象带出来，首先必须**给它染色**。于是，他需要寻找一种能够最大限度地抵御各种可能的极端天气的临时染色剂。最终，他不费吹灰之力就收集到了几桶当下流行的、用于浸染男士胡须和头发的溶液。当其他所有必备的物品采购就绪，W 勋爵随即租赁了一艘能够远征亚

① "皮裹腿"，美国小说家詹姆斯·费尼莫尔·库柏（1789—1851）的作品《皮裹腿故事集》中的主人公纳第·奔波的绰号，是位精通各种武器的勇士与猎人。——编者注

洲、运输白象的巨大商船，并通知帝国海军部向阿萨姆地区的英国总督发电报，敦促后者全力支持这次跨洋冒险任务。而后，马耶利斯和他的团队就启程了。

*

大约三个月之后，已经抵达亚洲的马耶利斯和他的同伴们登上了一条用于实施劫持计划的厚木板筏子，沿锡当河逆流而上。他们一直在偏远僻静的地带行舟，凭借熟练的驾驶技巧，外加些许运气，终于抵达了距离地图上所标明的古老圣城几里远的地方。当警惕性十足的盗猎者们瞥见那头目标白象后，便就近安顿在城市周围一片紧邻锡当河的巨大森林的边缘。木筏周围绑着好些个气囊，系着几块巨大的软木板，上面铺满了树枝和树叶，停泊在岸边，与河岸齐平，整个看上去如同一个小岛。

为了提高他们团队的存在感和知名度，他们身披人造毛皮，伪装成普通的猎人，消灭了不少对该地区安全构成威胁的长纹虎和犀牛，获得了当地民众的赞赏。他们充分利用这个良好开局，开始有意无意地暗中观察白象及其驭象人的生活起居，时不时通过一些示好的行为和礼物的赠予来博取对方的好感，使之慢慢放松了警惕。随后，当马耶利斯发现时机已经成熟时，便采取了一系列的必要措施，部署他的手下展开伏击。

他们就蹲守在距离大象每逢星光灿烂的夜晚都会来河边饮水的位置不远的一块林中开阔地，此时周围几乎空无一人。他们透过高耸的槟榔树、红树和糖棕树硕大的叶片与垂下的藤蔓，远远看到供奉释迦牟尼的城邦里一个个闪耀着金光的穹顶、一座座寺庙的尖顶、一幢幢大理石塔楼。在他们看来，眼前壮美的景色带着几分莫名的凶险。当地广为流传的古老预言像一把火炬，在他们的记忆深处燃起熊熊的神秘火焰："若有一天在他国看到白象，那就是缅甸帝国灭亡的时刻。"因此，图谋偷盗白象的他们不仅要面临险象环生的境地，还可能随时搭上自己的性命。尽管他们以前打猎也经常会遭遇各种各样的危险，但这次显然不同于过往。为了避免任务失败后被那些手段残忍的祭司活捉，"皮裹腿"们行动前便商定，万一他们在盗猎过程中被发现而身陷重围，相互间务必迅速了结彼此的生命。除此之外，他们还在周围的许多树木上涂抹了矿物质油，以备不时之需，好在林中纵火。

午夜时分，驭象人吟唱圣诗的单调歌声响了起来。声音一开始还有些遥远，然后随着其庞大坐骑的脚步声逐渐逼近。很快，驭象人和白象就一起出现在众人的视线范围内，他们缓缓朝河流的方向走去。原本躲在猴面包树阴影中的马耶利斯向空地走出几步。驭象人在这个偏僻的地方撞见马耶利斯，并没有起任何疑心：谁会想到此刻对方心中正怀揣诡谲而可怕的阴谋呢？马耶利斯在与驭象人互致夜间的良好祝愿后，便走到了白象旁边，一边用手抚摸着这个庞然大物，一边指着璀璨的星空给驭象人看。

就在大象正准备俯身饮水时，为了让大象尽快昏睡过去，一名猎人站在高高的草丛中，迅速将钢弹簧套到大象的长鼻上，而象鼻则顺势伸进连接弹簧的氯仿麻醉剂瓶口。大象一吸入气体，就感觉闷得喘不过气来，并开始四处挥舞着象鼻，但却始终无法摆脱那个令其窒息的韧劲十足的钢弹簧器。每一次挣扎都会吸得更多，这导致其动作变得越发迟钝。虔诚的驭象人感到坐骑摇晃得厉害，觉得蹊跷，忽然有所明白，清醒过来，便纵身往下跳。但驭象人一落到地面，就被马耶利斯及其手下控制住。眨眼间的工夫，他就被堵住口，手脚也被捆绑住；与此同时，其他人用坚固的灌木树干支撑起那头已经昏昏欲睡的大象。他们迅速从两根象牙的弯曲部分取下城邦中的女人们给它佩戴上的各种金饰与宝石手镯，随后打开事先准备好的桶装溶液，七个人开始七手八脚地给大象涂抹上浓稠的染剂，从大象的尾巴开始，到它宽大的耳朵，一直到象鼻上的最后一块折痕。十分钟的工夫，神圣的大象完全变装，除了象牙以外，其他地方已被糊得黑黝黝的。此时，大象的神志似乎稍微恢复正常了，他们顺势将它牵引到木筏子上。当它靠近木筏时，猎人们用笨重的钢铁链条将它几条粗壮的象腿牢牢拴住，然后快速在它身上支起帐篷，将驭象人扔到铺满树叶的草地上，紧接着就拔锚启航……永远地离开此地！

现在，湍急的水流赛过两个螺旋桨的马力，劫持大象的盗猎者们和他们俘获的白象顺流而下，急速奔向海边，英国的商船正等着迎接他们。天刚亮，他们便已经航行了二十里。再过两天一夜，缅甸人就再也追不上他们了。

何况，马耶利斯及其手下逃跑以后何时才会被发现呢？缅甸人要花多长时间去推测这个事情的前因后果，然后才开始搜寻白象呢？就算现在开始去追踪白象也为时已晚了！至于马耶利斯的团队把大象运到海岸边登船前往英国的过程，整个儿都是一帆风顺，因为捕捉到白色以外颜色的大象是十分惯常的，已被染成黑色的白象并不会引起任何怀疑。由于大象还没有彻底从麻醉状态中缓过来，所以马耶利斯他们就靠着给它做护理来排遣长途跋涉的无聊。更出人意料的是，那个照看白象的驭象人死了。白象被盗后的次日晚上，驭象人在脖子上绑了块石头，沉河自尽。

当马耶利斯与他的团队抵达时，英国的商船早在两个月前就已经停靠在码头，等着装载这头体形巨大的猎物了。尽管所有人第一眼看到这周身黑不溜秋的大象时都被吓到了，但军官们显然都会严守这个秘密。

经过一段平静得出奇的长时间航行后，已经急不可待的英雄们终于再一次看到了英国的海岸。他们顿时欢呼雀跃，因为希冀、名望、成功、财富都将紧随着纷至沓来。当商船抵达泰晤士河时，船员们升起了庆祝的旗帜。终于胜利了！上帝保佑古老的英格兰！一节巨大的煤水车将刚刚下船的大象通过市郊铁路直接运送到动物园。W勋爵接到电报以后，立即赶了过来，老早就在动物园园长办公室里等他们了。

*

"这就是您要的白象！"马耶利斯兴奋地喊道，"勋爵大人，请您将之前许诺给我们的英格兰银行的支票交付给我们，可以吗？"

大家沉默了好一阵。这是意料中的事，因为眼前这个庞然大物全身黑乎乎的。

"但是，这头象是黑的啊，这就是您说的白象吗？"

动物园园长忍不住打破了沉默，低声抱怨道。

"这不碍事！"马耶利斯微笑着回答道，"因为我们只有把它染成黑色，才有可能将它从缅甸带回来。"

"那么，现在请您褪掉它身上的颜色吧！"W勋爵回答道，"因为，我们毕竟不能把黑的硬说成白的。"

第二天，马耶利斯带着几个化学家回来了，他们要立即动手给大象褪色。这些化学家迅速开始配制强力试剂给大象的身体漂白。大象滚动着它纯白色的眼睛，似乎在焦虑地寻思着："哎！这群人老在用些什么东西给我洗澡啊？"

但是，最初给白象涂黑的染剂中的酸性物质已经深深地渗透到大象厚厚的皮肤组织中，结果，新配的褪色试剂与原先的酸性物质结合后，在这头被人类弄得晕头转向的大家伙身上发生了意想不到的反应。换句话说，大象周身不仅没有恢复原来的底色，反而在新化学试剂的作用下，时而变成绿色，时而变成橙色，时而变成皇室蓝，暗红色，淡紫色……各种色彩混杂交织，犹如彩虹般闪闪发亮。而它的长鼻子早已被涂得面目全非，五颜六色，就像一根不知道是哪个国家的五彩斑斓的旗杆。站在一旁的动物园园长见状惊讶得合不拢嘴，他大声地惊呼起来：

"啊！放过它吧！拜托了！不要再碰它了！多么神奇

的怪兽啊！简直就是头会变色的大象！毫无疑问，来自世界各地的人们都会赶来观摩这个《一千零一夜》中的神兽。在此之前，也许，不，可以百分之百地肯定，这样的生物在我们地球表面从来都没有出现过！至少我会倾向于相信这一点。”

"园长先生，事实上，这完全是可能的！"W勋爵注视着眼前这不同寻常的一幕，回答道，"但是，根据我与马耶利斯之前的约定，他必须把一头白象交给我，而不是一头色彩斑斓的大象。必须是白象，才值得我付出十万英镑的价格。因此，除非他给我把它恢复成原来的白色，否则我是不会给他支付酬金的。但是……从今以后，该怎么证明这么一个丑八怪是一头白象呢！"

*

W勋爵说完，便戴上帽子径直离开了，好像他已不愿意再讨论了一样。

马耶利斯和他的"皮裹腿"们默默地看着眼前这个不愿意恢复原来肤色的可怜虫。突然，马耶利斯猛地拍了一下自己的脑门儿，问道：

"园长先生，你们动物园里的大象都有什么性别的？"

"只有一头雌性的大象。"园长回答道。

"太好了！"马耶利斯得意地喊了起来，"让它俩交配吧！一般来说，母象的妊娠期是二十个月，我就等着二十个月后，这个杂交的后代在法庭上给我证明它的父亲是纯种的白象！"

园长低声赞许说："这确实是一个好主意。而且，"他又挖苦道，"如果这头抓来的大象不像期待中的那样愿意充分享受其当父亲的欢乐的话，你们很可能会得到一头牛奶咖啡色的大象……"

"无稽之谈！它们只是在假装害羞罢了！仅此而已！园长先生！"马耶利斯回答说，"在缅甸，这样的例子有成百上千个。而且，白象的生活习惯也不同。此外，我会把效果最强的春药——哪怕让它受刺激过度而死——撒到它的食物中，让命运来决定这一切吧！"

当晚，作为驯兽师的马耶利斯欣喜若狂地反复揉搓自己的双手，因为他确信自己已经收获了新的希望。

然而，第二天黎明时分，动物园的看护人员在大象居住的房间里发现这头野兽已经昏迷不醒了。显然，春药的剂量太大了：它死于纵欲过度。

"就这样吧，"马耶利斯听到这个死讯后，低声嘟哝道，"但现在，我可以安心等待了：任何中止妊娠的措施都是背信弃义的行为，我知道我的对手们是绝对不可能这么干的。只是，这一本金的损失对我来说是不可挽回的打击，因为从长期来看，也许不过三四年，我坚信，它的皮肤就会恢复成原先的白色。"

就在这时候，W 勋爵的最终决定也传达给了马耶利斯，勋爵告知他："按照协议中各项条款的规定，勋爵本人绝不会因为一头混血的大象而成为马耶利斯的债务人。无论如何，为了避免后续不必要的麻烦，他提出一次性支付五千英镑的赔偿金来平息这件事，并建议驯兽师马耶利斯再去多找一头白象，而且，这一次染色最好不要染得那么深。"

"他这话说得好像他这辈子能够绑架两头白象一样！"马耶利斯愤怒地抱怨道，"行了，我们打官司！"

然而，马耶利斯找到的律师和诉讼代理都肯定地告诉他，如果上法庭的话，他肯定败诉。对此，马耶利斯无奈地叹了口气，除了表示强烈反对也别无他法。他为已故白象的后代指定了一个监护人，并接受了 W 勋爵的提议，把五千英镑分给他的手下作为这趟远程冒险行动的报酬，然后就离开了伦敦。

从那以后，每当他怀着忧郁的心情讲起他在缅甸的冒险经历时 —— 也许这段回忆极富传奇色彩，已令其终生难忘 —— 他总带着一种让人听起来好像是遥远的鬼魂在挪揄世人的奇怪语气说道：

"什么荣誉啊，成功啊，财富啊，尽是过眼烟云而已！前日，一个王国因为一把扇子的挥动而没落；昨日，一个帝国又因为一顶未归还的帽子而瓦解。一切皆取决于微不足道的事物。这不是很神奇吗？如果那古老的预言和神明的警告是真的，配得上缅甸成千上万的民众虔诚的信仰的话，那么缅甸帝国的存亡又取决于什么呢？……取决于我当年有没有轻率地使用那个致命的染色剂！为了得到释迦牟尼的神象，我竟然冒冒失失地将它完全染成了黑色，其实我只需要简单地在带去缅甸的铁桶里象征性地加一点黑色的烟灰就行了嘛！"

卡塔丽娜

献给维克托·维尔德先生

我所居住的别墅就孤零零地坐落在马恩河畔，别墅配带清新的花园，四周还砌着围墙，实在是一个冬暖夏凉的迷人处所。在屋内，我常身披印着花朵却早已褪色的晨衣，脚上穿着舒适的拖鞋，安静地偎依在灯烛旁，或者翻阅一些德国形而上学专著，或者弹奏音色纯净的乌木钢琴。这样美妙的生活总能让我安神静思，陶醉在深沉的遐想中。但是，就在一个美丽的仲夏之夜，我决定换个环境，去外面游荡几个星期再回来。

因为很久以来，许多美丽的青春日子都在抽象枯燥的哲学思考中度过，所以我早已酝酿了一个愉快的旅行计划，希望尽情放飞自己的心灵，不再思考，化解焦虑，悠闲休养。途中或许还会有美妙的乐事出现。首先，这样的休闲之旅（我猜）对我的健康肯定是有益的，因为阅读那些可怕的哲学书籍真的让我整个人日益消瘦。总之，我期待这次外出消遣能让精神恢复到完美的平衡状态，而且我相信回来后，心智上的放松将使我的精神更加焕发。

为了避免在这次旅途中可能与思想家碰面或有机会进行任何形而上学的思考，我找遍了全世界的旅游景点，除了一些非常原始的地带。是的，我只看中了一个国度，此地虽然有些荒诞不经，但充满艺术气息，极富东方风情。按照我刚才的描述，大家是不是都已认出这个地方了？没错，就是伊比利亚半岛。

出游前的那天晚上，我静静地坐在花园的凉亭里，一边品尝着香气浓郁、品种纯正的咖啡，一边注视着指间点燃的香烟缭绕升腾的白雾。经过深思熟虑，我终于下定了决心。我承认，我几乎是带着快乐的腔调喊了出来："走吧！让我们在西班牙尽情逍遥吧！我也想被萨拉森人精美的艺术杰作所吸引！也想为先贤们热情洋溢的画作所折服！也想沉醉在摇晃着黑色折扇、凝脂玉肤的安达卢西亚女人们的温柔乡中！啊！秉烛夜读游记的过程早已让我体验到，那些笼罩在迷人苍穹下的圣城总能带给人绚烂多姿的回忆。对我而言，西班牙的很多城市，诸如加的斯、托莱多、科尔多瓦、格拉纳达、萨拉曼卡、塞维利亚、穆尔西亚、马德里和潘普洛纳等，皆在此列。简而言之：现在就出发吧！"

然而，我并不热衷于刺激的冒险，也不想被别人打扰，只想就着我平和的性格安静地度假。因此，我决定提前购买一本旅行指南，这样就能预先了解要去看什么景点，同时还能避免中途突发意外情况导致情绪紧张。

第二天，我提前做好了攻略，带上一个已装满盘缠却又看似不起眼的钱包，随手拎起早就收拾好的轻便旅行箱，留下一脸错愕的女管家照看别墅，便踏上了旅途。只消不到一个小时的工夫，我便到达了我们的首都。

我没有做任何停留，直接唤了一辆马车把我送到了南站，坐火车去了波尔多。第二天，我又从波尔多来到阿卡雄。我在清凉美妙的海水中畅游了一阵，并享用了一顿丰盛的午餐，便径直朝港口走去。在码头那里，恰好有一艘前往桑坦德、名为"迅捷"的汽船出现在眼前，我随即登上了这艘船。

我们起锚了。午后的余晖中，从陆地吹过来的阵阵微风里夹杂着柠檬树的味道。不久之后，我们就远远看到了西班牙的海岸线，岸上屹立着迷人的桑坦德城，城市周围被青翠的山峦环绕着。

傍晚的夕阳给大海披上了紫色的薄纱，西边的海平面上闪烁着金光。波涛一次次地扑打着海湾的礁石，浪花如宝石般泛着荧光。汽船从众多船只中间穿过，来到了岸边，一座木板桥从突堤上抛了出来，牢牢地搭在了船首上。我跟着其他乘客下了船，踏上了被晚霞染得绯红的码头，重新融入岸上熙熙攘攘的人群中。

人们开始卸货。有装满异国商品的包裹，有养着澳大利亚鸟类的笼子，还有许多不同的灌木，它们正一批接一批地被填入岛上的货箱里；空气中弥漫着香草、菠萝和椰子的香味。许多贴着殖民地品牌标签的巨型捆装货物正在被搬运装卸，然后马不停蹄地被输送进城。我由于一路颠簸，感觉有些疲惫，遂把行李箱留在船上，打算先去找一个旅馆过夜。在突堤上，不少海军军官正悠然地吸烟、散步。这时，我在他们中间猛地瞥见一个在布列塔尼的老友，他是我童年时的伙伴。我定睛看了看，是的，我认出了他。他身穿海军上尉的制服，我朝他走了过去。

"请问，我是否有幸能与热拉尔·德·维尔布勒兹先生说句话呢？"我问道。

我话还没说完，他便一把握住了我的双手，在异国他乡遇见友好的同胞实在让人激动。

"真的是你吗？怎么会在这里，在西班牙遇见你呢？"他大声叫了起来。

"啊，我亲爱的伙伴，热拉尔，我只是到这里随便玩玩而已。"

我三言两语就把自己到此一游的单纯动机和盘托出。

我们手挽着手，一边闲聊一边慢慢地走出突堤，老友久别重逢就是这个样子。

"我在这里已经待了三天，"他对我说，"我刚环游完世界回来，目前，我住在圭亚那。我在外面收集到了一些形如镶嵌着翅膀的小宝石的蜂鸟标本，正准备送到马德里博物馆。除此之外，还有来自巴西的一些大型兰花的球茎——这些兰花都是些新奇的品种，色彩与香味都非常惊艳，对欧洲人来说很有吸引力。当然，还有一个宝物，我的朋友，我会让你好好瞧瞧的！这是一个精美绝伦的、绝对能让你眼前一亮的玩意儿，至少值六千法郎呢！"

他忽然停下来，俯身凑到我耳边：

"你猜猜看啊！"他用了一种特别奇怪的语气对我说

道，"你猜猜看，我所说的宝物会是什么东西？"

当他就要提到这句话中那个隐秘的细节时，一只浅黄玉色的小手柔软地从我和他之间滑过，像极乐鸟的羽翼一般落在我这位海军上尉朋友的金色肩章上。

我们随即转过头来。

"卡塔丽娜！"维尔布勒兹高兴地叫了起来，"今天傍晚真是好事连连啊！"

这个姑娘朝气蓬勃，头上戴着一条火红色的头巾，蓝黑色的波浪鬈发掩映着一张精致秀气的脸。她笑得格外灿烂，气喘吁吁地朝我们奔来，她那浓厚、鲜红的嘴唇微微张开，露出了洁白的牙齿。

"噢嘞！"她大声喊道。

只见她灵动的黑眼珠炯炯有神，圆润的琥珀色脸蛋十分迷人。她充满野性的鼻子微微张开，不时向我们传递着来自遥远的安的列斯群岛的气息。她身穿无袖薄纱衫，白皙的手臂自然下垂，高耸的乳房微微发颤。她丝质的棕色裙摆上绣着金色条纹，齐腰处挂着一个并不十分牢固的格子架，架子上挂满了含苞待放的苔藓玫瑰，以及晚香玉和橙子花。她左手腕戴着的手镯上，一副红木做成的响板正哒哒作响。而别在髋骨上的巴斯克鼓，其铜片在暮色中折射出强烈的光芒。作为克里奥尔人①，她的小脚上穿着传统的绣花鞋，展现出典型哈瓦那女孩的慵懒气质。这个讨人喜爱的年轻女孩浑身上下都散发着勾人的魅力。

她静静地摘下两朵含苞待放的苔藓玫瑰，分别系在我们的纽扣眼上，她秀发中弥漫着的青草芬芳令我俩陶醉不已。

"我们三个一起吃晚餐吗？"维尔布勒兹提议道。

"这个……我还没有安排今晚的住宿：我刚到这里。"我回答他说。

"还没安排那就更好了。我们的旅馆就在那儿，悬崖上，可以看到大海。那座高大的独栋房子就是我们的小旅馆，我们从这儿走过去也就两百步远。你瞧，我们都喜欢盯着我们的建筑物看。今晚，我们会在楼下的大厅和我的海军军官同事们一起吃晚饭，也许还会有一些桑坦德的女性朋友。店主有新酿的雪利酒。这款产自赫雷斯德洛斯卡瓦列罗斯的雪利酒清甜可口，令人迷醉……

---

① 克里奥尔人，16世纪时指西班牙殖民时代在西印度群岛出生的西班牙人后裔，以别于直接来自西班牙的移民以及黑人和印第安人。此后含义有所变化，指出生于拉丁美洲的欧洲人的后裔，以别于直接来自宗主国的白人以及黑人和印第安人。其后含义又略有演变，但在拉丁美洲各国所指不尽相同。在最广泛的意义上，指出生于拉丁美洲的白人以及白人或克里奥尔人与印第安人所生的混血子女，以区别于欧洲人和印第安人。——编者注

不过，你得慢慢适应。我们现在就过去吧！"说着，他便伸手去搂抱卡塔丽娜，这个漂亮的混血女郎默默地看着我们，没有推托。

最后一片壮美的晚霞正向我们挥手告别，夜幕徐徐落下。

夕阳下涌动的波浪与地平线齐平，看起来就像移动的余烬。沙滩上，夹杂着又咸又苦的海水味的西风拂面而来。我们沿着粉红的沙滩向旅馆奔跑过去。卡塔丽娜跑在我们前面，试图用巴斯克鼓去追打从橙子树林中逃出来飞向海边的蝴蝶。

此刻，金星正缓缓地爬升到淡蓝色的夜空中。

维尔布勒兹说："今晚没有月亮，真可惜！我们本来可以在城里散步的，唉！不过，没关系，我们还可以有更好的安排。"

"这位惹人喜爱的女孩是你喜欢的人吗？"我问他道。

"不是，她是码头上的送花女郎。她靠卖橙子、香烟和黑面包为生，但她只钟情于那些讨她喜欢的人。我的朋友，在西班牙的码头上，有很多这样的送花女郎。这和巴黎很不一样，对吧？在世界的其他地方，每隔五百里，风俗就会完全不同。我的艳遇通常都发生在南纬44度的地带。如果你对她有好感，就去追求她呀。你可以像她那样充分展现自我，你愿意吗？——哦，我们到旅馆了。"

旅馆老板头上戴着发网，从里面走了出来，站在门口热情地迎接我们进去……

但是，就在我们要跨入旅馆的门槛时，维尔布勒兹猛地一惊，停住了脚步，脸色突然变得惨白。

他刚刚还笑容可掬，转眼间表情就严肃起来。

他握住我的手，凝视着我的双眼，沉思片刻后，朝我说道：

"我亲爱的朋友，请原谅，"他对我说，"你突然造访让我讶异得都忘了我今天晚上不能也不应该嬉戏玩乐。对我来说，今天是悲伤的日子，是我一直珍视的纪念日。简而言之，今天正好是我母亲的三周年忌日。我在船舱里还存有我挚爱的母亲的遗物，今晚我自然要和她留给我的纪念品一起待在船舱里。来吧，握住我的手！明天见！我不在你身边，你也不要难过。明天我会过来叫醒你的。"说着，他朝旅馆老板大声喊道："给这位先生一间房！"

老板回答说："很遗憾，没有多余的房间了。"

"你们进去吧，给，拿着我房间的钥匙！"维尔布勒兹神情忧伤地对我说道，"你们会睡得很好的，床很舒服。"

他的眼神哀恸而恍惚。他再次握了握我的手，与那位年轻女子道了声晚安，便快步朝码头走去，没有再多说一句话。

这突如其来的事件令我有些缓不过神来。的确，每个人都要面对自己亲人的离世，母亲去世的纪念日是多么神圣啊！我若有所思地看着他远去的背影，而后便走进了旅馆。

卡塔丽娜已经在我之前进入旅馆一楼的厅堂：她选择了一个可以看到大海的靠窗位置坐了下来，窗边摆着一张覆盖有法式白色餐巾的小桌子，桌上点着两根蜡烛。

好吧，尽管我的朋友的话在我心里留下了一丝忧伤的阴影，但我还是很乐意听从美人眼神的邀约，顺势坐到她的身边。这个时机真让人意想不到，而这个时刻又是如此令人心醉、甜蜜。

我们在满天繁星的夜空下，迎着惊涛骇浪拍打海岸的撞击声，愉悦地享用晚餐。我听得懂卡塔丽娜的欢笑闲聊，虽然她那带着哈瓦那口音的西班牙语里时常夹杂着一些令我陌生的词语。

其他海军军官、船上的乘客和住在旅馆里的游客，连同当地一些美丽的女子，也都在我们的大厅里用餐。

在喝完第五杯雪利酒后，我忽然意识到我那位海军上尉朋友的警告是有道理的。我看东西开始觉得视线变得模糊，酒的金色烟雾让我的头变得愈加沉重。卡塔丽娜的眼睛也顿时明亮起来！她竟点燃了两支香烟递给我，这说明我俩都已陷入意想不到的微醺状态。她笑着把手指放在我的酒杯上，坚决不让我再喝了。

"太迟了。"我对她说道。

然后，我在她的小手中塞了两枚金币。

"拿着！"我补充说，"你太迷人了！但是……我现在感觉头很重。我想睡觉了。"

"我也是。"她回应道。

我向旅馆老板示意我们要入住上尉的房间，便和卡塔丽娜一起离开了大厅。他拿起一个烛台，在精致的铁制托盘里放了一大把火柴；他把蜡烛点燃后，就端着烛台带我们走上楼去。卡塔丽娜跟在我后面，摸着楼梯的扶手，刻意压低她那稍微有些放肆的甜美笑声。

在二楼，我们穿过了一条长长的走廊，一直走到尽头，老板在一个房间门口停下了脚步。他拿过我的钥匙，把房门打开。这时，正好楼下大厅的人在喊他，于是他迅速把烛台递给我，说了一句：

"晚安，先生！"

我便走了进去。

西班牙酒的后劲确实很足，我的视线变得越来越模糊。借着昏暗的烛光，我隐约看见里面是一间普通客房的陈设。房间长而不宽。在两扇窗户之间，靠墙放着一

个带镜子的大衣柜 —— 这柜子显然是随意摆在那里的，镜子正好映现出我和混血女孩两人的身影。壁炉上没有挂钟，只有一个屏风挡在前面。一把用稻草编织成的椅子紧挨床边，而床头则抵着门口。

我转动钥匙把门锁好。与此同时，卡塔丽娜在诡谲而荒诞的醉意的困扰下，只把她的巴斯克鼓和卖货篮扔在桌子上，就跌跌撞撞地扑到床上，连衣服都没来得及脱。我把烛台放在椅子上，自己坐在床上，靠着那个爱笑的姑娘。她头枕着一条胳膊，眼看已经快要睡着了。我快速亲吻了她一下，合着衣衫倒头靠在其中一个枕头上，便不由自主地闭上了眼睛。在不知不觉中 —— 毋庸置疑 —— 我很快进入一种深沉而令人愉快的睡眠之中。

接近午夜时分，一股难以名状的猛烈震动把我晃醒了，我似乎听到黑暗中（蜡烛早就在我睡着时燃尽了）有某个微弱的声音，就像老木头断裂的声响。我虽然没有太在意，但已经有点害怕地睁大了双眼。

这时，我的脑海中清晰地依次浮现出傍晚乘船靠岸、偶遇海军好友、初识卡塔丽娜、三人奔走沙滩、夜幕悄然降临、撞上母亲忌日、畅饮雪利酒等一幕幕的场景。而我对马恩河畔小屋的怀念情愫也随之被唤起，我的房间、我的书籍、我的书桌、我的灯烛，以及本已被我弃置于脑后的快乐的冥想时光也一并涌入我的遐思中。就这样静静地过了半分钟。

安静地睡在我旁边的克里奥尔女孩此刻还沉浸在梦中，我可以清楚地听到她一呼一吸的声响。

忽然，城里某座古老的教堂敲响了零点的钟声。

令人惊讶的是，在我看来（诚然，这是个近似昏沉的想法——一个荒谬、不寻常的想法。啊！啊！不过，我此时已完全清醒了！），我感觉，当远处的尖顶教堂发出的第一声钟响划破天际时，教堂大钟表盘上的摆锤就好似安装在我这个房间里那般，正缓慢而有规律地震荡着，交替地敲击着，一会儿打在墙壁的砖石上，一会儿又打在相邻房间的隔板上。

我的眼睛努力在房间里搜寻那些左摇右晃的黑影，却什么也看不清楚。这来回撞击的声响使我越来越恐惧，而敲钟声则在远处持续地、有节奏地报时。

不知道为什么，听着这古怪的声响，我越发觉得焦虑不安。

而且，实话实说，我越来越觉得，我起初认为是穿过窗户缝隙从外面吹进来的海风，它的声音十分奇怪：有点像风刮在潮湿的木头上发出的阵阵尖锐的哨子声。

因此，伴随着那看不见又摸不着的震荡，再加上海风刺耳的声音，这个午夜的时间估计会过得非常慢。

"嘿……什么？""这旅馆里到底发生了什么事？"

楼上和周围的房间里不时传来夹杂着喘气声的简短耳语，紧接着，便听到人们在房间里来回走动、匆匆忙忙穿衣服的响动，还有海军靴子重重踩在地板上的声音：这分明是撒腿就跑的人们急促的脚步声……

于是，我伸手去摇醒卡塔丽娜，但那姑娘明显已经醒过来好一会儿了，因为她紧张地用力抓住了我的手。这个动作给我带来了一种难以克服的恐惧感，强烈不安的情绪令我从头冷到脚。她无疑想说些什么，却开不了口，在黑暗的静默中战栗得牙齿咯咯作响。她的手，甚至可以说，她浑身都在颤抖。她已经知道什么了吗？她已经意识到这一切意味着什么了！这下，我立即站了起来，当上半夜的最后一声钟响还在远处回荡时，我使出全身力气大声地喊了起来：

"啊！到底发生了什么事？"

面对我的发问，尽管整个旅馆都笼罩在恐慌又压抑的气氛中，但仍能听到从楼栋的四面八方传来人们嘶哑而生硬的回答：

"唉！您都已经知道了，现在正在发生什么！"

人们显然把我错当成了我的朋友——海军上尉维尔布勒兹，他们继续对我呵斥道：

"见鬼去吧！"

"这该死的鬼地方！和怪物待在同一个房间里简直就

是疯子！"

人们喧闹着逃出了各自的房间，楼梯上、走廊里到处都挤满了人。

听着这些回答的语调，我隐约地感觉到，只有我还被蒙在鼓里，傻呵呵地待在险象环生的漩涡中心。既然周围的人都迫不及待地想逃离这里，那么毫无疑问，未知的可怕事件必将随之而来！

我被心头惶恐不安的焦虑情绪压得实在喘不过气来，于是一把推开身边的卡塔丽娜，在烛台里摸索着寻找火柴——啊！店家给我的火柴不会那么快就全部燃烧殆尽了吧？我终于把火柴一把抓了出来，然后急忙翻动口袋，很快摸出一张还没来得及打开看的报纸，那是我在波尔多买的。我赶紧在黑暗中把报纸拧成火炬的形状，慌慌张张地把所有火柴攥在手里，拼了命地摩擦床头，试图一次性将它们全部点燃！

我手中的火柴摩擦着木头，慢慢腾起硫磺烟雾，过了好一会儿才被完全引燃！终于，幸运女神让我点着了这把临时制成的火炬。借着火光，我朝四处定睛看了看。

房间瞬间安静下来。

什么都没有，我什么都没看见！映现在古老衣柜镜子中的只有我自己，而在我身后，卡塔丽娜正站在床上，背靠墙壁，手臂张开着贴在白色的墙面上，眼睛睁得大大的，在凝视着什么……而我却由于惊恐万分，什么都看不清。

忽然，我猛地仰起头，眼前令人毛骨悚然的恐怖情景简直把我惊呆了。映在镜子中的到底是什么呀？我完全不敢相信自己的双眼所看到的东西！啊！这怪物实在太可怕了！我定睛确认了一下，没错，真的是，我觉得我要昏厥过去了！可以这么说，我的目光正好定格在房间里赫然出现的这个东西身上。

啊！原来这就是我的朋友、孝顺的海军上尉热拉尔·德·维尔勒兹在海边跟我提及的宝物。他是个善良的孩子，此刻可能正在船舱里为他母亲祈祷！绝望和恐惧的泪水使我的视线完全模糊了。

一条长达十到十二米的巨蟒被人用细绳短索交错缠绕着绑在房间深处那个大衣柜的四条腿周围。这种体形庞大的动物有时会出现在圭亚那面目可憎的仙人掌下，现在的情形与这简直是十分相似。

这条可怕的巨蟒原本还处于平稳的睡眠状态，不承想绳索勒得实在太疼，强烈的痛感让它忽而惊醒过来。于是它缓慢爬行了三米半左右，紧箍它的绳结就此松开了。

原来，刚才在房间里一会儿撞击左边墙壁、一会儿拍打右边隔板的竟是这个活生生的"大钟摆"！它这么做就是想在午夜时分完全摆脱绳索的束缚！

现在，这条巨蟒虽然仍被束缚着，但在上下扭动身体，试图从房间深处向我逼近。它健硕的躯干呈绿褐色，上面镶嵌着透亮的黑鳞斑点。它直起已被松绑的伟岸躯体，纹丝不动地与我们相向而立；张开可怕的血盆大口，伸出一条长长的分叉红舌不停地朝我们挥舞着；目露凶光，直勾勾地盯着我看，而我则手持火炬与之对峙。

在宁静的凌晨醒来时所听到的响动，我当初还误以为是海风穿过窗户缝隙发出的咝咝声，如今才发现，其实就是蟒蛇在离我不到两尺①的地方愤怒地吐着信子。

面对这始料未及的事件，我感受到前所未有的痛苦：好像我的整个生命都在灵魂深处重现一样。就在我要昏厥过去的那一刻，我身边的混血女孩卡塔丽娜绝望的哭泣声传到了我耳边，她其实早就在黑夜中辨识出蛇所发出的咝咝声。她的哭声唤醒了我的灵魂。

巨蟒愤怒的脑袋微微晃动着，慢慢朝我们靠过来……

我本能地跳过床头，手里紧紧抓着火炬，火焰伴着燃烧的浓烟闪耀着，把整个房间照得通亮！我一只手慌乱地摸索着把门打开，卡塔丽娜吓得大气都不敢喘，紧紧地偎依在我怀里，不时抬眼望向那只怪兽。蟒蛇正一边发出咝咝声，一边努力挣脱绳索向我们这边迫近。我

① 此处的尺应当为法尺。法尺与公制单位之间有多种换算标准，最常见的为1法尺＝0.3248米，故两法尺即0.6496米。——编者注

迅速拉着她冲出房间，然后用力"砰"的一声把房门重新关上。而此时，房间里突然传出了大衣柜翻倒在地、镜子被打碎的凄厉声响，体形笨重的野兽在房间里横冲直撞，各种家具接连被重重地摔在地上，可怕的碰撞声在我们耳边此起彼伏。

我们以闪电般的速度冲到楼下。

但是，楼下的大厅空荡荡的，一个人影也没有，旅馆大门朝悬崖敞开着。

我们不假思索，只管冲出大门外，往海滩狂奔逃命。

到了海滩上，卡塔丽娜扔下我，拼了命地朝城市的方向逃去。

眼见卡塔丽娜已经脱离了危险，想到那只庞然大物正紧跟我的步伐穷追不舍，扭动着身躯沿沙滩朝我扑过来，恐怕随时会将我逮住，我便头也不回地向着灯火通明的港口奔跑过去。

几分钟后，我便在"迅捷"号上取回我的行李箱，然后快步来到停靠着"警戒"号汽船的码头 —— 此时，"警戒"号启航开往法国的钟声已经敲响了。

三天以后，我终于回到了我珍爱的、位于马恩河畔的宁静小屋。我双脚踩着拖鞋，身上裹着睡袍，安详地坐在我的扶手椅上。我重新打开德国形而上学专著，此时，我发现我的精神已经在充分休养中得到放松，对

"现象世界中的各种偶然性"又有了更深一层的理解，可以游刃有余地推迟所有新的娱乐式的探险计划了。

克鲁克斯博士的实验

*就像那些想跳出**自己影子**的孩子一样……*

——普鲁塔克

献给亨利·拉·吕贝尔纳先生

威廉·克鲁克斯的著作《通灵力》很快就要面世了，该书的出版必然会在科学界和社会公众中引起轩然大波。

众所周知，这位著名的英国学者是本世纪[1]最具影响力，也是逻辑最缜密的科学家之一。他在无意中发现了自然界的一条法则，即物质存在放射态这一形态。这一发现突破了实证研究的边界，为实验学派开辟了全新的研究领域。

此外，他在人类知识的各个领域都有大量的发现或发明——从铊元素的发现到辐射仪的发明，这使他成为独一无二的权威人物。他申请加入英国皇家学会（类似

——————

[1] 即19世纪。——编者注

于英国版的法兰西科学院）时，直接被豁免了严苛的资格审查，并全票当选为会员。在大多数科学家的评价中，威廉·克鲁克斯的天赋和成就丝毫不逊色于艾萨克·牛顿；他在威斯敏斯特的墓碑位置早在生前就已经确定好了。

即将发布的这本著作总结了他这么多年来做过的那些非同凡响的实验。

最近，为数不多的一些与实验有关的摘录已经在《科学季刊》《雅典神殿杂志》和《季度评论》上发表。

从这些篇幅可观的论文摘要开头就能看出克鲁克斯博士非常奇特的观察视角，毕竟人类科学首次闯入如此幻杳而神秘的未知领域，读者会感到十分惊讶，疑惑自己是否身处魔幻的异度空间。不过，这些实验的有关描述得到了辩证科学研究委员会不同领域专家的认可——该委员会专家科研的能力、审查的准确性和实证调查的严谨性都毋庸置疑——因此很快就会令读者入迷。

为了透彻地阐释本文讨论的内容，让大家都能理解，我们认为，最好的方式就是引用威廉·克鲁克斯本人在开启这一人类科学的新变局时那振奋人心的开场白。

＊

"多年来，有种学说一直在我们英国，乃至欧洲和世界其他地方传播，并且该学说的信徒每天都在增加，其中甚至包括一些高度理性和崇尚实验的学者。这种思想建立在与多个已被证明的自然法则完全不相符的事实的基础上，由于这些事实拥有大量的证据作支撑，所以人们都觉得这种学说能够得到官方的认可。美国众议院已收到要求官方认定这些事实的请愿书，签名人数超过两万。在赫特福德，一些孩子，甚至年纪很小的女孩，差点儿因为这些事实的存在而付出生命的代价（例如，12 岁和 14 岁的福克斯姐妹）。在英国，甚至在伦敦，所谓的'神秘事件'频繁发生，已经扰乱了一些人的心智，给他们造成了惊吓：听闻这些谣言，人们会觉得自己仿佛置身于中世纪。

"我认为，科学家有义务以严谨的工作方式，认真研究所有引发公众关注的现象，以确凿的事实真相，来解读普通民众的幻觉，揭露江湖骗子的面目。

"但是，正如我们前文所说的那样，绝大多数明显有常识的人会跟我们讲 —— 比如：'在**神秘**力量的影响下，沉重的家具可以在没有人干预的情况下突然从一个房间移动到另一个房间。'

"对此，我们的回应是：

"'科学家已经研制出能将 1 英寸^①均等分成 100 万份的仪器。我们要求这些神秘力量让我们实验室里仪器的指针只移动一个刻度。'

"有人跟我们说：'一个体重为 50 或 100 磅^②的活人，不需要借助任何已知的力量就能升上天空。'

"对此，我们的回应是：

"'无论这种未知的力量属于什么类型，它只要能够把有生命或无生命的重物抬升到你们房间的天花板上，那就肯定是在智能的支配下完成的。哪怕一个物体只有 0.0001 克，球形水晶防风罩中的天平也能称出其重量。'

"有人跟我们说：'颤动着晶莹剔透的露珠的鲜花、各种新鲜水果、一切有生命的东西都能穿墙而过。'

"对此，我们的回应是：

"'那就试试把 1 毫克的砷经由玻璃试管壁加入被密封在其中的纯净水里吧！'

"有人跟我们说：'当两个人安静地坐在桌子前时，突然发生的连续敲打能把房间四面墙壁震得左摇右晃；有些房间甚至会遭超人类力量的摇晃而被损毁；羽毛或者铅笔会自行画出一些富有意义的线条来；总有人见到

---

① 1 英寸＝2.54 厘米。——编者注
② 1 磅＝0.4536 千克，故 50 磅即 22.68 千克，100 磅即 45.36 千克。——编者注

鬼神显形。'

"对此，我们的回应是：

"'但愿上面提到的那些敲打能发生在声波记振仪的薄膜上！但愿这个被放在玻璃罩中的摆锤能发生摆动！但愿我手上的这支笔能在桌上画掉我刚刚写下的一个词！至于人们见到的所谓幽灵，我们有很多能测量闪电的仪器，足以让一个幽灵在其中某个仪器的镜头前出现整整 1/120 秒之久！'

"最后，还有人跟我们说：'总会出现一股与数千公斤重物体所受重力相当的力量，而其产生的原因未知。'

"对此，我们的回应是：

"'科学家都坚信力量守恒这一客观事实，要求所有力量的显现必须能够在他的实验室中重复发生，这样他才能进行称重、测量与精确的检验。归根结底，无论人们对那些被称为通灵者的特殊个体的证词持何种看法 —— 即使这些灵媒都是或者都可能是真实可信、魅力十足的，甚至富有传奇色彩的 —— 严格意义上说，我们都不能未经系统的分析或检验，就对这些现象的真实性给予足够的信任，因为这些现象从一开始就违背了现代科学最基本的概念，特别是与确定不移的万有引力定律相冲突。'"

以上便是威廉·克鲁克斯这位治学严谨的科学家的阐

述。而一旦他提出挑战，案件的判决似乎就已落定。

＊

在做出这一结论的几个月前，伦敦科学研究委员会收到威廉·克鲁克斯发来的一则简短的通讯。在通讯里，他没有发表任何评论，而是直接召集委员会的专家前去审查"值得关注的通灵实验"。

碰巧的是，几乎在同一时间（1870 年那个血雨腥风的冬天），欧洲各个国家指定的科学工作者相继在多本自然科学领域的期刊上发表了不少观点，做出了一些奇特的断言。他们宣称自己有关通灵流体的实验每天都在带来"令人意想不到"的结果。这份长长的各国代表性学者名单里不乏相关领域内占据重要地位的科学家，例如圣彼得堡大学著名的化学教授布特列罗夫、日内瓦实验科学院的蒂里教授、美国宾夕法尼亚大学的化学教授罗伯特·哈尔博士等。在此，我们无法把其他同样值得称道的 60 余名代表的名字都一一列举出来。

在接连收到全球范围内不同科学领域发出的各种类似的通讯之后，很多科学家感到十分惊讶。包括许多德国物理学家在内的各国专家都陆续前往伦敦。在此之前，林赛勋爵、登瑞文伯爵等社会名流，C.怀恩上尉等数学家，以及由英国皇家学会成员组成的团体已经先期与威廉·克鲁克斯一起投身于日常观察研究。在克鲁克斯博士和其他英国学者的实验室里，已经有了两三个适合这一系列实验的"受试人"，他们——从是否有益于科学进步的角度来看——天赋异禀。

所有参与研究的科学家都签名认可的实验报告表明，不仅此前人们声称遇到——无论是在白天还是在各种特殊的条件下——的各种现象全都出现了，还发生了其他令人难以置信的、十分离奇的事件。这些事件足以让最沉着冷静的实证主义者惊慌失措，因为它们"超出了人类逻辑思维的范围，可以说是令人毛骨悚然"，完全打乱了原本井然有序的实验过程。

需要说明的是，所有实验对象（即通灵者）都被固定在地面上，与所有感光器件都保持着较远的距离。审查委员会的所有成员都不能在实验对象和感光器件之间进行干预。在实验开始前，他们都被警告说，实验现场装有感应系统，一些绝缘体上装着电击器，实验过程中任何由哪怕微小的作弊行为产生的有形交流都会立即招致非常猛烈的电击。除此之外，还有两位伦敦顶级的魔术师负责密切监控每次实验。

在这样的条件下，人们看到，在相当于数百磅重量的压力下，精密测力仪（其工作原理只有实验者自己知晓）的指针开始出现晃动。与此同时，在实验室的墙壁上和仪器上，甚至在博学的助手们身上，都能听到像是"一根弯曲的手指在急切地敲门一样"的碰撞声或是直接感受到碰撞。

实验结束后，通灵者们都精疲力竭地躺在地板上，就像处于医学上所说的强直性昏厥状态一样，呈现出死亡的各种迹象。几乎每次实验都是如此。

在上述通灵者中，有一些七八岁的孩子，他们竟可以升到数米高的空中——近乎处于沉睡状态，飘浮在空中连续好几分钟。克鲁克斯博士声称："霍姆先生之前当着我们的面也演示过上百次这种现象，重现了术士西满在罗马的圆形露天剧场中施行的所谓邪术。"

依据许多荣誉教授（包括我们上面已经提到的那些教授）的证言，结合各大学与学院的杰出学者、英国皇家学会与辩证科学研究委员会的成员所提供的全部证明，以及威廉·克鲁克斯个人的声明，目前已确凿无疑的主要现象（不包括它们的细节）有：

1. 任何物体重量的改变都可以通过远距离的操作实现；

2. 难以解释的流星异象：各种卵圆形光圈、发散形光芒、未知光线、不可模仿的光斑，从一个物体跳到另一个物体上，在实验室中来来回回地穿行；

3. 科学仪器、沉重或轻便的家具宛如在一种神秘力量的作用下持续移动;

4. 有很多真实形态的"幽灵",它们身形奇异,"目光"炯炯,双手发出明亮的光,身体具有薄如蚕丝的触感,却坚实得足以将一个重达 3 克的软木温度计固定在半空中,而温度计在这些"幽灵"的按压下,刻度竟保持不变;这些"幽灵"的手时而呈现生机勃勃的外观,时而呈现尸体一般的模样;而且,这些"幽灵"的移动速度快如闪电,不管我们如何试图调整镜头对准它们进行拍照,竟然任何影像都没有留在底片上;然而,这些"幽灵"竟会抓起摆放在桌子上的鲜花献给观众,并突然走向我们,"像老朋友一样诚恳地握手";

5. 在连通灵者都认为交流非常危险或难以维持的条件下,音乐器材竟然开始演奏了;

6. 有人随手抓起桌子上的一支笔就流畅而清晰地书写出数行不同字体的文字,旁人看了竟声称认出了已故人士的笔迹(甚至还为此提供了证据)。

以上这些现象不管在白天还是黑夜都发生过,但主要出现在黄昏时分。

威廉·克鲁克斯博士明确表示:"在证人面前,我看到过一个清晰的手形云团拿起一根上面带着一朵鲜花、新采摘下来的茎条,再慢慢让它从厚实的橡木板上一道难以察觉的裂缝中间穿过。尽管茎上的那些叶子的宽度是木板裂缝的 10 倍或 12 倍，但事后我们无论用肉眼还是用显微镜，都没有在这朵花上或茎上发现任何磨损的痕迹。皇家学会的几位会员和我还一起看到了一个人形的影子，它在窗帘上晃动了 2 分多钟，然后渐渐消失。我们多次见到放置在家具上的蜡烛和灯随着家具往上抬升，这些灯烛虽会倾斜却不至于掉落，火焰因灯烛在空中倾斜程度的不同而时而直立、时而打横。至于著名的'旋转桌'，我们特意从数以百计的通灵者中优选出几个能力出类拔萃，能够独当一面、克服各种困难的人，因为我们想设定特别艰难的条件来验证这一事实。为了能从这个实验中得出最终的结论，伦敦辩证科学研究委员会的专家和外国教授们全部聚集到一起。四位通灵者跪在椅子上，只有椅背与一张沉重而宽阔的桌子接触。他们双手交叉放在椅背上，身体没有直接接触桌子。此外，我们还额外采取了一些只有我们自己清楚的精细措施，以检验这一现象的绝对真实性。在短短数秒钟内，我们看到巨大的桌子从地面上升起，倾斜，撞击地板，令人惊讶地升到我们头顶，在空中飘浮，做出各种各样的动作，然后慢慢落回原地。因此，委员会和在场观众都证实说，这个实验'极具说服力'……从此以后，这样的实验不会再让我们感到惊讶。"

毫无疑问，我们还可以列举出其他许多令人费解的现象，这些现象也已得到最严格的证实。但我们不会对这一类的证言负责任；一言以蔽之，我们只愿意并且只应该援引一些在正式机构、正式人员监控下观察到的且已被科学确证无疑的事实。我们不会对这些证言做相关说明，我们只会尽可能准确地进行总结概括，不添加任何个人观点或评论。

现在，让我们看看威廉·克鲁克斯博士就这个问题得出的最终结论：

"人们总是追求'超自然'的事物，他们常常问我们：'你们相信还是不相信？'我们对此的回答是：'我们是化学家，我们是物理学家，我们的职责并不在于"相信或者不相信"，而是以积极的方式观察某一现象是真实的还是虚幻的。'实验结束之后，其他的事情就与我们无关了。对于这些现象的真实性，至少，我们暂时倾向于肯定的态度，因为不容置疑的证据让我们在感官层面受到震撼，思想上也更加坚信。

"法拉第说过：'只要符合自然法则，即便再不可思议的事也是真实存在的。'然而，要确定某一现象是否符合自然法则，就需要了解所有自然法则（尽管仅凭我们所不知道的法则，就可以创造出整个宇宙）。然而，似乎只有实验和观察才是检验现象是否符合自然法则的试金石，例如电学领域就是如此。

"因此，请大家记住，我们不会冒险提出任何模糊的假设或理论。我们之所以努力证明一些事实，是因为我们一直专注于科学事业的长远发展，将追求真理作为唯一目标。在对实验条件进行严格把关的情况下，我和所有加入审查的委员会成员，包括众多门类的卓越人才，以及参与实验的各国相关领域从业人员，一起得出这样的结论：'我们再强调一遍，我们并不是说，这些现象可能是真的；我们说的是，这些现象**真的存在**。'

"与其否认、怀疑抑或盲目相信——这些做法其实都一样，是没有意义的——甚至还自以为花点时间就有能力去验证魔术师的把戏（仿佛笨拙幼稚的做法是可行的一样），不如先费点心思认真审查一番，毕竟我们从一开始就认为这些花招是骗人的。请你们通过严谨的批评向我们展示我们在考察中所犯的错误，并将它们具体指出来，然后尽可能地提出更有说服力的验证手段。请你们想象一下我们即将面临的困难，这样的困难远比在通灵者不知情的条件下给他们安排任务要更加不易克服，更加烦琐复杂！但是，请不要匆忙将我们的感官当作爱撒谎或容易被欺骗的证人，也不要指责我们精神错乱（顺便提一句，只有我们才有能力发现这个问题，而且很大可能是在你们身上发现），因为事实总是与你们的先入之见相悖，就像过去，事实反驳了我们的预设观念一样。在实验审查方面，很难有人能做到比我们更富怀疑精神或更加实事求是：如果你们把自己的无知和业余见解当作自傲的资本的话，试问人类还有何能够遵循、倚靠的事物？我们认为，在实验室里，真正的通灵者们所呈现的某些事实足以使人类的狂妄自大和盲目轻信烟消云散。那些喜欢作弄别人的人只会像常在市集搞恶作剧的狡猾的乡巴佬一样，眨着眼睛，用手拨弄拨弄鲁门阔夫感应线圈。但当他们触摸到线圈时，脸色立刻就变了。此外，轻率地拒绝那些我们特地请来审查和了解事实的人的证词，就等同于不考虑任何人的证词，因为无论是在神学史、世俗史，还是在科学年鉴的记载中，没有任何事实依据能比这些令我们困惑的东西更持久地让人肃然起敬，让人信服。所以，你们要是敢来为你们自以为傲的感官知觉和怀疑主义立场辩护的话，那就来吧，但愿这些无聊的论战从此止息！

"综上所述：

"1. 经过我们漫长而耐心的取证之后，调查结果似乎表明，一种与人体有关的新作用力的存在是无可争辩的事实，这种作用力可以称为通灵力；

"2. 每个人天生都或多或少地具有这种秘密力量，可以在后天开发出不同的强度，紧接着，这种力量便可以或自愿、或在睡眠中、或无意识地，在不借助任何活动或身体交流的情况下，作用于远近不同距离的个人或物体。"

*

以上这些是迄今为止，威廉·克鲁克斯这位著名英国学者所宣称的非凡主张和得出的精彩结论，并已得到学界许多重量级人物的认可。希望他的著作能给我们揭示他所从事的实证研究的新奇之处。潜意识中自我的通灵力量几乎已经可以解读历史上众多有争议的案例，以及今天欧洲人口中的一些印度修行者的施法。

至于怎样通过这种力量与那些对于我们粗糙的感官来说是有形无质的活体——这些实体无疑存在于我们周围看不见的领域，在人类之外延续着它们的物种链——建立某种联系，对这一点我们还不能下定论。许多人企图通过这种力量与消失的存在维持一些关联，并且通过它进入鬼魂的世界……这虽是一个超出科学研究范围的问题，但奥古斯丁、圣额我略·纳齐安、路易九世和托马斯·阿奎那等人已经从另一个角度对此做出了确凿无疑的判定。

"顺便说一句，"有人问我们，"基督徒会怎么看待这些令人不安的幻影，这种普适于所有人的神性呢？"

无论可疑抑或真实的鬼魂会"写"给基督徒什么东西，后者永远都会得到保护。给他传授 25 堂召唤死者魂魄技艺的课程对他也丝毫没有任何影响。他并不在乎这些阴暗的闲言碎语。进化论的启示对他来说不过是些可怜的邪念。他只需那些清晰、明确的福音之言，因为这些话语已揭示了生命是既庄严又确定的存在。"夜幕降临，人们安息。树倒在何处，就存在何处。尘世的孩子们会创造惊人的奇迹，甚至令天使感到惊讶：不要被诱惑；想要救自己生命的人会失去它；愿意为我牺牲的人，会因我而重新得到生命，因为我是门、路、光、真理、生命，只有通过我才能进入永恒的生命。"这些都是不变的、神圣的、意蕴无限的教义。

星星会消逝，这些话语却永远都存在。

历史的复仇

1871 年 1 月 21 日，巴黎守军在饱受寒冬折磨、面临粮草断绝的情况下，不得不选择盲目突围，却又遭到城外德军[1]的围堵。当德军几乎未折一兵一卒就攻克了原本坚不可摧的阵地时，巴黎城只能用沾满热血的手臂举起那绝望的旗帜，发出停火的信号，向敌人的枪炮低头。

在远处的高地上，北德意志联邦[2]首相此时正密切地

---

[1] 普法战争中，我们通常将法军的对手称为"普军"，即"普鲁士军队"的简称。但事实上，法军对抗的是一支以普鲁士军队为主体、同时混有德意志众邦国军队的联军，故法文中也常将其称为"德军"。——编者注

[2] 北德意志联邦，普奥战争后，1867年以普鲁士为首，美因河以北24个德意志邦国和3个自由市组成的联邦。设有两院制议会。普王为世袭的联邦元首和最高军事统帅；普首相为联邦政府首相，只对元首负责。普法战争期间，与南部四邦结合，1871年进而建立德意志帝国。——编者注

观察着巴黎的动向。突然，在寒冷的雾气与弥漫的硝烟中，他瞥见了这面旗帜，便拿起望远镜，猛地将镜头拉近了看。然后，他对着站在他旁边的梅克伦堡－什未林大公说了一句：

"野兽已死。"

国防政府[①]特派员儒勒·法夫尔已经越过普鲁士前哨；在胜利者傲慢的叫喊声中，他被护送着穿过一道道封锁线，抵达德军的总部。大家都不曾忘记，在费里埃城堡中一个堆满瓦砾的大厅里，是他代表法军与德军进行了第一轮停火谈判。

今天，战争双方的代表再次聚首。他们一同走进了德军总部这个异常庄重的大厅。尽管里面生着火，但光线仍然很昏暗，而且还能听得见雪风正呼呼作响。

在谈判的过程中，心事重重的法夫尔突然默默地看着站起来讲话的俾斯麦－舍恩豪森伯爵。

战争中损毁严重的大厅地板上倒映着身穿德意志帝国[②]少将制服的俾斯麦首相伟岸的影子。炉火突然摇曳，照得掩藏在银白饰鬃下的抛光钢盔闪闪发光。他的手指

---

① 国防政府，1870年法国九月革命推翻第二帝国后成立的以资产阶级共和派为首的临时政府。——编者注

② 虽然北德意志联邦直到1871年4月16日《德意志帝国宪法》颁行时才彻底转变为德意志帝国，但联邦元首、普鲁士国王威廉一世在1871年1月18日就已加冕为德意志帝国皇帝，正式宣告德意志帝国的成立。——编者注

上戴着哈尔伯施塔特教区主教代理官——后来获男爵爵位——的传世金印章戒指，戒指上雕饰着象征俾斯麦家族的三叶草样式，下方是铭文"In trinitate robur"①。

他随手把宽大的酒红色战袍扔在椅子上，战袍的光泽使他那道伤疤染上了血红色。他靴子脚后跟的位置固定着长长的铁制马刺，同时系着精致的链条。他顶着一头浓密的红棕色毛发昂首阔步，腰间长长的佩剑拖在地板上，时而清脆作响。此时，谈判桌前，他浑身上下都散发着逼人的寒气，洋溢着永不满足的表情。他手指按在桌上，眼睛透过窗户遥望远方，仿佛已经忘了法国使节也在现场。空旷的大厅里回荡着他的话音，就像德国军旗上的黑鹰在苍白的天空中翱翔一样。他高傲的样子仿佛一头看守家门的猎犬：他刚刚对这座名叫"德国"的房子的钥匙——斯特拉斯堡——提出主权声索。

他滔滔不绝地讲着。人们在他说的话里隐约能听到法国军队与城池须缴械投降、法国政府须支付可怕的战争赔款并向德国人割地等内容。在这个节骨眼儿上，法兰西共和国的这位外交部部长只能以人道主义的名义，试图祈求对方放法国人一马，而此时浮现在德国人脑海中的，却是路易十四越过莱茵河向德国腹地进发，一路

---

① 拉丁语，意为"三位一体给我力量"。——译者注

高奏凯歌的壮举；紧接着，是拿破仑准备将普鲁士从欧洲的版图上抹去的野心；再然后，是吕岑、哈瑙，遭到洗劫的柏林，还有耶拿等地生灵涂炭的场面！

远处隆隆的炮声宛如雷声的回响，已经盖过了法方谈判代表的声音。法夫尔猛地一个激灵，回想起……这一天也正好是断头台上的法国国王试图恳请人民宽恕他的那一幕发生的周年纪念日，但当时巨大的擂鼓声却完全淹没了国王的求情！……尽管极不情愿，但法夫尔仍在战败的慌乱中被这巧合弄得心神不宁。在此之前，没有人会想到历史竟如此巧合——在历史的书写中，法国放下武器，正式宣布投降正是从 1871 年 1 月 21 日这一天开始的。

然而，命运仿佛还想以讽刺的方式再强调一遍这个弑君的日期。当儒勒·法夫尔询问对方停火时间将持续多久时，俾斯麦当即正式地回复道：

"21 天，多一天都不行！"

听到这句话，作为一名能言善辩的法国使节，儒勒·法夫尔颤抖地低下了头。他严肃的外表掩饰不住内心对故土的深沉的挚爱之情。此时此刻，他就像孩子见到母亲生命垂危一样，两行热泪夺眶而出，从他凹陷的脸颊上淌过，径直流到他紧闭的嘴角边！即使是法国人中对祖国最无动于衷的那一批，在敌国的强大压力面前也会心跳加速、无奈痛楚 —— 那是对哺育他们的祖国的深深眷恋。

*

夜幕降临，星光熠熠。

攻城的隆隆炮声与远处军营的火光交织在了一起，就像一道道红色的闪电，一次次划破黄昏的夜空。

在这间令人难忘的大厅里，我们的外交部部长儒勒·法夫尔和对方冷淡地相互问候之后，便陷入沉思……只是片刻工夫，一段令他感到非同寻常的往事突然闯入他脑海中，实际上，他早已在记忆深处隐约地注意到这个事件。

*

那是一段动荡的历史记忆。这个现代传奇故事早就已经传得有鼻子有眼，而他自己竟也离奇地被卷入其中。

那是很多年前的事了。1833 年的某一天，有一个来历不明的人出现在巴黎，此人之前不幸被驱逐出普鲁士王国萨克森省的一座小城。

当时，他衣衫褴褛，显得疲惫不堪，居无定所，没有收入，几乎不会说法语，但他竟然敢宣称自己就是……在 1793 年 1 月 21 日被法国人民斩首的那位国王的儿子。

他说，当年多亏了两位效忠王室的绅士的无私奉献，使法国王子得以假托一张死亡证明书，依靠某个隐晦的替身，凭借一笔未知数量的赎金，便从圣殿监狱的高墙内脱身。这位成功逃逸的王室成员就是他。历经千辛万苦之后，他成功返回巴黎，欲向世人证明自己的身份。他开口闭口都是称自己是法国王位合法继承人的话，人们虽不骂他为疯子，却只当他是个骗子，仅施舍给他一张简陋的床。由于几乎所有人都坚信他冒充了法国王子，没有哪个国家愿意接纳这个不受欢迎的人。1845 年，他在荷兰的代夫特市忧郁地离开了人世。

看着这张死气沉沉的骗子面孔，人们会说自己仿佛听到命运之神在呐喊："我会用拳头击打你的脸，直到你的母亲再也认不出你。"

然而，更令人惊讶的是，荷兰国会在征得各大臣和国王威廉二世的同意后，竟以国王的规格为这位神秘的路人举行了葬礼，然后以官方的名义在他的坟墓上正儿八经地刻上墓志铭：

"这里躺着查理 – 路易·德·波旁，诺曼底公爵，路易十六国王和玛丽 – 安托瓦内特王后的儿子，法国国王路易十七。"

这意味着什么呢？……这座坟墓是对整个世界、对历史、对最可靠的信念的否认。它矗立在那里，矗立在荷兰，就像一件令人不敢多想的梦幻之物。

外邦这一毫无根据的决定只能加剧人们对那人身份的合理怀疑：人们严厉指控、咒骂着他。

无论如何，那个身份扑朔迷离、心中充满绝望、流亡国外多年的人回到巴黎后，还曾特意登门拜访当时已经颇有名气的律师——今天已经成为法国战败后的谈判代表——儒勒·法夫尔。作为一个久未露面又重新出现的神秘人物，他恳求法夫尔这位共和派演说家给他的身世做辩护。面对这个突如其来的事件，法夫尔刚开始表现得很冷漠，甚至对他还怀有一些敌意。但当法夫尔认真地审阅了对方交给他的文件后，疑云顿时消散了，继而内心波澜四起，很快就产生了浓厚的兴趣。法夫尔被对方说服（不论对错，已无所谓！）之后，便全身心地投入其中，花了整整三十年的时间进行研究，期盼有朝一日能够激情满怀、胸有成竹地给对方做辩护。随着时间的推移，法夫尔与这位逃亡异乡、叫人牵肠挂肚的人之间的情谊不断加深，以至于有一天，当法夫尔去英国拜访这位与众不同的客户时，感觉自己行将就木的后者送给了他一枚老旧的、印有鸢尾花图案的戒指作为象征彼此深厚友谊的礼物，来表达自己醇厚的感激之情。不过，那客户隐瞒了这枚戒指的真实来历。

这是一枚镌有纹章的戒指。在一颗散发着红宝石光芒的、硕大的蛋白石中央，一开始刻的是波旁王室的标志性纹章：蓝底盾牌上印着三朵金色鸢尾花。然而，出于某种尊重，为了能让拥护共和政体的法夫尔毫无顾忌地佩戴上这枚寄寓浓厚情谊的戒指，赠予者虽然带着悲伤的情绪，却竭尽所能地剔除了象征王室的部分。

现在，取代戒指上原来的盾徽的，是一幅古罗马神话中的战争女神贝娄娜雄赳赳地张弓搭箭的神圣图像。

然而，根据传记作家们的说法，这个不顾一切觊觎王位的人是那种受到神明启示、有时近乎疯狂的人。据他自己说，上苍启迪过他，使他天生具有超级敏锐的预感能力。他的演讲中常常充满庄严的神秘性，给他的声音增添了先知般的色彩。因此，在同法夫尔告别的那个夜晚，他目不转睛地看着他的朋友，把戒指递给对方，并以一种极其怪异的语调说道：

"法夫尔先生，您看，这枚宝石戒指上的上古女战神贝娄娜的形象好似镶刻在一块墓碑上，她的形象恰好体现被覆盖部分的意义。请您以国王路易十六及其宗室的名义，戴上这枚戒指吧！这是您曾经为之辩护的那个绝望的王室成员的家族遗产。愿那些受辱的灵魂能够透过这块宝石把他们的思想传递给您！愿这枚护身符引领您在将来的某一天、某个神圣的时刻见证他们的存在！"

后来，法夫尔经常说，他当晚之所以很长一段时间都无法理解上述这段话，是因为在经历了一系列过于沉重的考验以后，感情上有些太过激奋与狂热了。尽管如此，出于尊重，他还是顺从了对方的意愿，把对方递过来的那枚戒指戴在了自己右手的无名指上。

自从那天晚上之后，儒勒·法夫尔就一直把那枚"路易十七"的戒指戴在右手手指上。一种神秘的力量似乎一直在保护着这枚戒指，防止他遗失或者丢弃这枚戒指。对法夫尔而言，这枚戒指就像往昔骑士们文刻在手臂上的印记一样，象征着他们所立下的以生命捍卫其事业的誓言。命运到底出于何种隐秘的目的，竟然让他习惯了戴着这枚可疑的王室遗物呢？……难道，最终，无论如何，以下这一幕将成为可能——拥护共和政体的法夫尔命中注定地继承了这个标志，却丝毫不知道这枚戒指将引领他走向何方？

他并没有为此感到担心。不过，每当别人在他面前取笑已故的"法国王子路易十七"的德语名字时，他总会若有所思地喃喃自语：

"瑙多夫，弗洛斯多夫……"

同时，在一种不可抗拒的力量的驱动下，一件件意想不到的历史事件纷呈上演，最终，以律师为职业的法国公民法夫尔突然之间被推举为法国的代表！而德军在战场上节节取胜，俘虏了15万以上的法国人，收缴了他们的大炮、枪械和飘扬的旗帜，还抓捕了他们的元帅和皇帝，现在甚至占领了他们的首都！这可不是一场噩梦，它已是不可逆转的黑暗现实了。

这天晚上，在刚与俾斯麦谈完拯救同胞于水深火热中的条件——更确切地说，是挽救同胞们的性命的条件——的空荡荡的房间里，法夫尔被与"路易十七"有关的记忆困扰了好一会儿，但眼前的残酷现实显然比那段过去的回忆更加不可思议。

此刻，他感到惊骇而沮丧，不由自主地看了几眼手指上那枚仿佛有预知未来能力的戒指。在折射着美艳光泽的晶莹宝石上，他仿佛看到，复仇样貌的贝娄娜纹章周边所残留的原来那枚古老纹章的痕迹正闪闪发光。几个世纪以前，这枚古老的纹章还闪耀在路易九世的盾牌上。

*

一个星期后，国防政府的其他成员都接受了法夫尔与德国伯爵草拟的停战协议。于是，法夫尔先生代表法国政府前往凡尔赛签署停战协议，这份协议将正式宣告法国战败投降。

所有辩论都结束了。俾斯麦先生和儒勒·法夫尔先生再度审阅了协议，最后增加了第 15 条，其内容如下：

"**第 15 条**　特此，以下签署人签署并盖章，对协议所有条款予以认定。

"1871 年 1 月 28 日，订立于凡尔赛。

"签署人：儒勒·法夫尔　　俾斯麦"

俾斯麦先生盖上印章后，请法夫尔先生履行同样的手续，以使该协议的原本合法化。这份文书如今存放于柏林的德意志帝国档案馆。

儒勒·法夫尔宣称，由于当天忧心忡忡地赶来签约，忘记携带法兰西共和国的印章到现场了，打算派人前往巴黎去取。

"这种拖延毫无意义，"俾斯麦说，"盖上您的印章就可以了。"

铁血宰相缓缓地指了指我们的使节戴在手指上的、那位无名者遗留下来的戒指，好像已经意识到法夫尔在做什么一样。

俾斯麦意料之外的回应如同命运女神忽然下达了一个让人不寒而栗的命令，这犹如晴天霹雳，令儒勒·法夫尔几乎慌了神。眩晕之中，他回想起那枚君王戒指的预言，眼睛紧紧盯着高深莫测的俾斯麦……

这一刻的寂静如此深沉，以至于人们都可以听到隔壁房间干涩的电流碰撞声。发报机正通过电流把这个重大消息传遍德国全境，甚至传播到世界各个角落；人们同时听到了一列列已经开始往边境运送部队的火车的鸣笛声。法夫尔把目光转向了手指上的那枚戒指！……

他仿佛隐隐约约地感觉到，那些被召唤的亡灵此刻已经来到这间古老而庄严的大厅里，就站在他的周围，默默地等待赦罪时刻的到来。

此时，他感觉自己好像是受上天派遣来宣布某种赎罪诫命的代理人一样，完全不敢违背敌人的要求。

他自己的良心深处已经不再反抗那枚诱导着自己的手伸向黑暗条约的戒指。

他郑重地向对方鞠了一躬，回答道：

"您说得对。"

签署协议就意味着法国有两个面积巨大的省份要割让给德国，国家自此坠入万劫不复的黑暗深渊，美丽的首都将被动乱之火吞噬，更多法国人的鲜血将横流，数额大到超过世间货币总量的战争赔款将要支付。此时，深红色的火漆上倒映着跳动的烛光，将这位拥护共和政体的外交官手中那枚戒指上的金色鸢尾花纹章照得通亮。尽管百般不情愿，脸色苍白的法夫尔仍被迫在协议的页面下方盖上了自己的印章。而这枚印章留在条约上的痕迹昭示着，在戒指上那早已被人遗忘的毁灭女神的神圣形象下，依旧残存着法国王室那个亡者的灵魂，后者在法夫尔正犹豫是否盖章的可怕时刻突然驾临现场。

沙皇和雕鸮

沙皇加冕典礼日益
临近，让我回想起一系列
神秘而琐碎的事件，这可
能会在一些人心中唤起斯
威登堡所说的某种"应
和"的感觉。无论如何，
现实有时总会在各种奇妙
的巧合中出现超乎寻常的
情况。

　　1870 年夏天，萨克森－魏玛大公向沙皇亚历山大二
世[①]提议筹办一次艺术节，届时邀请德国的几位统治者也
一同来参加。我认为，这次活动就是特意为萨克森大公
国的一位公主和沙皇太子的胞弟弗拉基米尔·亚历山德罗
维奇大公之间的联姻做准备的。

---

① 亚历山大二世（1818—1881），俄国沙皇（1855—1881），任内推行农奴制
　改革，1881年3月遭刺杀身亡。——编者注

艺术节安排的活动包括在爱森纳赫举行一场欢庆活动，以及在备受赞誉的魏玛小剧院演绎理查德·瓦格纳[①]的主要作品。

在欢庆活动开始前的那个晚上，我坐在大公府邸的餐桌前，对面是李斯特——他在众多女性追求者中间开怀畅饮香槟酒，而他穿着长袍的样子看起来又有点漫不经心。坐在我左边的是一位奥地利宫廷的年轻修女，她长着一个非常时尚的小翘鼻子，不过，她却因为能严守清规戒律而得到了"圣罗克塞拉娜"的外号。

此时，正绕着餐桌跑来跑去的是奥尔加·德·雅尼娜夫人，她是个爱幻想的射手：我们都是不修边幅的人，大家像小城镇的人一样拉着家常。

在我右边弯着腰的是一位身高超过六尺[②]的五十多岁的男子，他是沙皇的侍从斐德罗伯爵，一个出了名的怪人。我们才开了两三句玩笑，便彼此相识了。

这位宫廷侍臣是个波兰裔，在平日生活中，他一直面带微笑，所有棘手的难题在他面前都能迎刃而解。我后来才知道，他现在干的活儿是皇帝特意安排给他的一个闲职。啊！他的确是一个与众不同的侍臣！他的衣装

---

① 理查德·瓦格纳（1813—1883），德国作曲家、剧作家，代表作有歌剧《尼伯龙根的指环》《汤豪塞》《漂泊的荷兰人》等。——编者注
② 此处的尺应当为法尺，六法尺即1.9488米。——编者注

打扮总蕴含着某种蓬头垢面的优雅，最突出的就是头上时常戴着一顶传奇的驼峰帽（难以置信吧？）——就像罗贝尔·马凯尔[1]头上戴的那种，都变形了，宛如一顶被酒鬼戴着、不知道摔了多少次的阔边高帽。而且，他的穿戴习惯一直保持不变，因此人们都说他非常有个性，尽管从这个角度来讲有些牵强。总而言之，他是一个和蔼可亲、健谈博学、广受欢迎的人。不过，在当时，基于他给我留下的难以磨灭的印象，我根本不把他的话当回事。

"作为侍从，您竟然比沙皇陛下先到了魏玛？"我十分惊讶地问道。

"不，我只是以一个普通人的身份来这里。"他回答我说。

当我大致向他问起有关他目前所寄居的俄国的动荡局势时，他是这么回答的：

"如今，只有数千微不足道的俄罗斯领主和贵族会对沙皇持有敌意。至于你提到的那些自由观念，在那里并没有多大的影响力。被解放的农奴全部自愿被再次出卖给沙皇。大家都支持沙皇。现在对他虎视眈眈的并不是跪在他脚下的人，而是站在他周围的人。"

---

[1] 罗贝尔·马凯尔，出现在许多19世纪法国戏剧作品中的虚构人物，是个典型的恶棍。——编者注

当我们一起喝咖啡的时候，斐德罗伯爵一边抽着雪茄，一边以外交官的身份指导我"在日常生活中应该怎么做才能成名发迹"。我想到自己当下的处境，成名对我来说是遥不可及的幻影，顿时黯然神伤。因此只能像基佐曾说过的那样，通过保持沉默来掩饰自己的想法，听任这位老练的朝臣一个劲儿地夸夸其谈。

当我和斐德罗伯爵一块儿站起身来的时候，我的旅伴卡蒂勒·孟戴斯先生朝我走了过来。

"萨克森–魏玛大公打算今晚去李斯特家过夜，"卡蒂勒·孟戴斯对我说，"他希望能见一见他的法国客人们。李斯特是他的宫廷首席乐师，让我来请你过去喝一杯茶，你千万别客气。你顺便把你的一些手稿也带过来。"

"好的。"我回答道。

晚上九点左右，在李斯特家，经过一番半正式的介绍，我认识了眼前这位大公，一位瘦长的壮年男子，年龄估摸在三十八到四十岁之间。此时，他正把臂肘支在一张独脚的小圆桌上，恳求我给他朗读一些别出心裁的作品。于是，我在他跟前的一盏烛台旁边坐了下来，围在我四周的有二十多个他的宫廷亲信和我在旅途中结识的朋友。我大概读了十页手稿，这个名叫《特里布拉·博诺梅》的故事诙谐幽默，情节骇人听闻，带有强烈的时代感。

　　有些夜晚，如果人们心情愉快的话，就可以充分释放自己快乐的情绪。也许是真的幸运，我碰巧遇到了这样一个夜晚。我竟然成功地让在场的所有听众都狂笑不已。

　　连听众中最严肃的人也受到强烈的感染，跟着捧腹大笑，甚至都忘了应该遵循的礼仪规范。我可以做证，贵宾们全都笑得溢出眼泪，大公也不例外。一个表情严峻的沙皇卫队军官因为笑得喘不过气来，不得不离开——我们听到他独自在前厅放声大笑，像是得到了久违的解脱一般——故事产生的滑稽效果达到了始料未及的高度。我相信，明天萨克森–魏玛大公在重读这个故事时，必定会忍不住回忆起今晚的场景而大笑不已。

*

　　第二天早晨，阳光明媚，庄严的封建城堡瓦尔特堡[①]高耸入云。在紧邻城堡主塔、被郁郁葱葱的丘陵环绕着的、风景秀丽的爱森纳赫山谷中，不管是田园酿酒厂里，还是装饰华丽的商店前，一万五千余臣民都在载歌载舞，

---

① 瓦尔特堡，坐落于爱森纳赫西郊山巅的中世纪城堡。——编者注

欢庆这个盛大的节日。这里的人们热爱过去的历史，也对未来的前景充满信心。

大公身穿现代礼服独自在人群中漫步，他对欢乐的人群频频微笑致意。在大家心目中，他是受到成千上万人爱戴的老朋友。

这天清晨，我参观了瓦尔特堡。我出神地凝视着马丁·路德喷在墙壁上的黑色污渍——某天晚上，这位令人崇敬的宗教改革者在书桌前奋笔疾书时觉得自己隐约看见了魔鬼的幻象，便把墨水瓶砸到墙上，留下了这一痕迹。我还亲眼看到了那条圣伊丽莎白把面包神奇地变成了玫瑰的走廊；还有图林根的领主赫尔曼的大厅，德国游吟骑士瓦尔特·冯·德·福格尔魏德和沃尔夫拉姆·冯·埃申巴赫在此处举行的歌唱比赛中被维纳斯的骑士汤豪塞的歌声打败了。

由此可见，盛大的节日活动一直延续着瓦尔特堡几个世纪以来的传统习俗。

大公在山谷中瞥见了我，便亲切地走过来，有礼貌地跟我打了招呼。

我们在交谈的过程中，他还向一位年迈的女士挥手致意，当时，她在两个没戴帽子的帅气大学生的搀扶下，正快乐地从我们身边经过。

他跟我说："这位老人是在《浮士德》中扮演玛格丽

特这一角色的德国艺术家，她明天就年届百岁了。"

过了好一会儿，他又微笑着继续对我说道：

"告诉我，难道您今天没有在瓦尔特堡见到熊、狼、驯鹿、猎豹、雄鹰吗？这里简直就是个动物园！"

在得到我的肯定答复之后，他大胆地补充了一句可能产生双关语效果的话，这是一句以君主的身份专门说给来访的客人听的法文双关语：

"现在，您看到大公①了。在魏玛公园里还有成千上万只雕鸮，那里可是德国鸟类的夜间聚居地。我让它们在那儿休养生息。"

沙皇的信使在一个侍从的带领下出现在我们眼前，将一封信交到大公手中。我见状便走开了。过了好一会儿，斐德罗伯爵跟我说，沙皇今晚到达魏玛，并会在第二天去剧院观看《漂泊的荷兰人》。

夕阳缓缓下沉到植被茂密的山丘后面，霞光在白蜡树与冷杉树的叶子上抹了一层金红色。初升的星星已高悬在湛蓝的夜空中，闪闪发亮。周遭悄然无声。突然，远处的八百人合唱团唱响了歌剧《汤豪塞》中的曲子《朝圣者的合唱》。一开始还看不到演唱者的身影，但是身着棕色长袍、手持朝圣木杖的人们很快攀上了维纳斯

---

① 大公的法文"grand-duc"还有"雕鸮"的意思。——译者注

堡^①的高处，出现在我们的对面，演出的阵容在暮色中清晰可见。如此令人叹为观止的文艺表演也只有在德国这些艺术氛围浓厚的地区才能观赏到！当最后一个强音落下，合唱团安静了下来。这时，一个独一无二的、干净透亮的声音忽地迸发出来。听这歌声，不是贝茨就是斯卡里亚唱的。这段独唱精彩地呈现了沃尔夫拉姆·冯·埃申巴赫向启明星祈祷的场景。

独唱的歌手就站在维纳斯堡之巅，俯视下方静默的人群，犹如在回首过往的历史。现场的情景宛如梦境一般，观众全都深深地陶醉在悦耳的歌声中，哪怕歌声的回音早已消失在广阔的夜空中，也没有一个人想起要鼓掌，就像做完晚祷之后的情景一样。

紧接着，一束束烟花从城堡主塔上放射出来，宣告盛大的欢庆活动落下了帷幕。大约晚上八点，我搭大公的专列回到了魏玛。而沙皇早已抵达魏玛了。

*

第二天，剧院里，我在穆哈诺夫夫人的包厢内找了一个位置坐下。肖邦在世的时候，曾把大部分的月光圆

---

① 维纳斯堡，瓦格纳歌剧《汤豪塞》中维纳斯的住所，象征着纵欲，与象征纯洁爱情的瓦尔特堡是一体两面的关系。——编者注

舞曲题献给了穆哈诺夫夫人，这些艺术作品像是那种夜晚在废弃庄园的窗格玻璃后才能聆听到的鬼魂的乐曲。我看到"圣罗克塞拉娜"也在座。

包厢最靠里面的地方，则出现了斐德罗伯爵高大威猛的身影。

剧院里的观众无论是身穿蓝色与金色的礼服，还是衣着黑色的成套西装，衣服上都镶嵌着璀璨夺目的宝石。无数宝石折射出的光芒交织在一起，把整个双层走廊结构的大厅照得到处闪闪发亮。而包厢里的天鹅绒更是把外国女宾们白皙纯净的侧脸映衬得愈加圣洁。她们目光冷艳锐利，高傲地互相致意，只需往她们脸上瞥一眼，便能勾勒出某个种族形象，就像掠过一道闪电即可将莱茵河上的某座城堡显现出来一样。

在剧院正中央的，是大公的包厢。大公旁边坐着的是沙皇之子弗拉基米尔·亚历山德罗维奇，大公的一个女儿坐在沙皇之子附近。而在大公包厢左侧的则是萨克森王国国王的包厢。

在大公包厢的右侧，是留给巴伐利亚王国国王的专属包间，不过他今天没有来到现场。而此刻一言不发、孤独地坐在舞台右侧的包厢里的，是一位身穿萨克森制服，脖子上佩戴马耳他十字架，满脸都散发着罗曼诺夫家族与生俱来的阴郁神色的帝王，他就是沙皇亚历山大二世。

一阵铃响，整个剧院大厅瞬间笼罩在一片漆黑之中，安静得出奇。突然，《漂泊的荷兰人》的序章开启，"漂泊的荷兰人"号阴森的呼号飘荡在广阔无垠的大海上，随着黑色波涛的汹涌起伏迅速蔓延开去，就像是"流浪的犹太人"①来到了海上。所有人都在全神贯注地倾听。我把目光投向沙皇。

他也听得很认真。

晚会末了，热烈而隆重的欢呼声将我扰乱得心绪不宁。怀着不宁的心绪，我来到大公府邸用晚餐，而府邸里同样充斥着欣喜若狂的尖叫声。

为了躲避鼎沸嘈杂的人声，我决定到公园里去散步，顺便抽根烟放松一下。

我独自走出府邸，其他宾客则依旧沉浸在餐桌上，把酒言欢。

啊！多么宜人的夜色！夜晚的魏玛公园真迷人！我迫不及待地走了进去。

在公园栅栏门的左侧，远处茂密的树阴有一抹微光在闪烁。那是歌德曾经住过的房子，此刻就淹没在这片无边无际的荒野中。这种离群索居的孤独感真的很震撼

———————

① 流浪的犹太人，欧洲传说中一个长生不老的犹太人，因对耶稣不敬而被罚永世流浪。——编者注

人心！我继续向前走。皎洁的月光洒在他去世的这间房子对面的草坪上，就像铺展开一张宽阔的白色桌布。"有光线！"我心里想。于是，我沿着林荫小径朝深处走去，两旁茂盛的百年古树繁杂的枝条与浓密的绿叶相互交错，把羊肠小道遮蔽得严严实实，使小路显得更加漆黑。

路旁的草地、灌木丛、被露珠打湿的鲜花以及断裂的树皮渗出的汁液正散发着沁人心脾的芬芳，树叶随风飘拂的沙沙声以及泥土微颤的声音无时无刻不在叩击我的心扉。

周围一个人也没有。

我漫无目的地在林中随意逛了将近一个小时。

与此同时，我听见那些由初生的嫩枝形成的、与人同高的矮树似乎每时每刻都在沙沙作响，仿佛有动物在其中穿行。

出于好奇，我尝试拨开茂密的树丛，发现黑洞洞的枝叶间若隐若现地藏着闪烁着磷光的圆形亮点，这些小动物便是我崇敬的萨克森－魏玛大公先前在爱森纳赫山谷中跟我提及的雕鸮，此时正眼睛一眨一眨地看着我。

当然，这些雕鸮对见到人类早已习以为常。没有人会搅扰它们，而且，人们还出于某种迷信保护它们的安全。它们常常排成长长的队列站在粗大的树枝上，大公手下的护林员也不会妨碍它们，只会任由它们静悄悄地沉思。它们有时会尖叫一声，轻盈地低空飞越林荫道。它们中也许会有那么一只，大概每隔十年就会换一棵树栖息。除了为数不多的飞翔之外，没有什么能扰乱它们的思索。它们的数量多得惊人。

我在夜间漫无目的地游荡，不知不觉间走到了小路尽头的开阔处。我隐约看到大公的城堡依旧灯火通明。那豪华晚宴还没结束吗？走着走着，不一会儿，我就撞到了一个障碍物。我认出那是一条长凳。天啊！我已经完全沉浸在夜色的静谧与美妙中了！我躺了下来，臂肘支在长凳上，眼睛盯着那片开阔地。现在可能已经凌晨一点半了。

突然，有个人影出现在紧挨城堡的一条侧道的出口。他手里拿着一根雪茄，朝着那条小径走了过去。

看着他缓步向前的姿态，我想，这可能是哪位多愁善感的军官吧。

但是，当他步行到我刚走出来的那条小径的入口时，月光正好洒在他的身上，我定睛一看，顿时浑身颤抖起来。

"哎呀！看样子像是沙皇啊！"我自言自语道。

只消一秒钟，我就认出了他。没错，确实是沙皇陛下。他一转身便冒险闯入那条黑乎乎的小径中，我可是深更半夜摸索了好久才走出来的。虽然我现在已经看不到他了，但我知道他就在里头，我能听到林间小路上传来的脚步声。第一次与沙皇亚历山大二世独处竟是这样一种方式，着实令我印象深刻。

照他的足迹分析，他身边并没有侍卫官跟着。我猜，他可能也想一个人静静待着歇一会儿。此时，我听到他的脚步声离我越来越近，不过，由于树木的遮挡，他肯定看不见我。就在三步之遥的地方，他指间的雪茄突然闪出红色火光，一下子就把他金色的领章、灰白的胡须和马耳他十字架的白尖都照亮了。眨眼的工夫，火光便熄灭了。但是，漆黑的密林中瞬间闪现的火花却令人难以忘怀。

从我身边经过之后，我又听到他朝着距离我平躺的长凳大约有三十步远的一块林中开阔地走去。我隐约看到沙皇停下了脚步，往晨光微曦的方向——确切地说，是盯着东边——看了很久！忽然，他双手扒开挡在自己跟前的枝叶，驻足在那里，不时抽着烟，默默地凝视着远方。

但是，树枝被挤压与折断的声音却引起他身后一群生物的警觉！在遮天蔽日的密林中，无数双眼睛正闪烁着寒光悄悄地盯着他看！此时，我不由自主地回想起斐德罗伯爵先前跟我说过的那句话，那个生动的类比在这种情境中令我不寒而栗。

此处的场景就和在他统治的国家里一样，数千双眼睛无时无刻不对着他虎视眈眈，尽管他丝毫没有觉察到！虽然他现在身处一个德国小镇的密林中，这位悲怆的漫步者，作为亿万子民的精神与世俗领袖，他的身影仍然覆盖着幅员辽阔的疆土！……即便此刻的他只作为一个不知名的沉思者待在夜幕中，也依旧可以从其脸上看到他心头始终萦绕着对彼得大帝的忆念，始终牢记着彼得大帝的雄心与夙愿！

只消片刻的工夫，沙皇便原路返回到小道中。隐蔽在两旁树上的雕鸮怒目圆睁地盯着他从它们眼前穿过，而沙皇却丝毫没注意到自己正在检阅着一排排阴森恐怖的列兵。很快，我感到他的衣服擦着我的长凳拂了过去。

接着，他径直朝那片开阔地走去，然后再次出现在明亮的月光下，并越走越远。最后，他的背影在林荫大道的拐弯处消失了。

明天，在俄罗斯帝国的宗教之都莫斯科，伴随着一阵阵隆隆的礼炮声和克里姆林宫传出的一遍遍沉闷的钟声，亚历山大二世的继任者的加冕礼上将会有无数的声音高唱着"上帝保佑沙皇"。而亚历山大二世则一定会记得某个夜晚他曾在魏玛公园孤独地陷入沉思的情景，记得耳边回响的他在林间小道走路的脚步声！他不会忘记自己驻足林间时疲惫地拨开扰乱其视线与思绪的枝叶的动作，更无法忘怀其脑海中浮现出彼得大帝伟岸的身影。与此同时，就在新加冕的沙皇周围，越来越多双眼睛正窥伺着他，对着他那既忧郁又倨傲的面容虎视眈眈。

谢依拉历险记

猜中我的谜语，否则你将被吃掉。

——斯芬克司

从东京①一直往北走，跨过遥远的边境线便可进入中国的西南边境省份——广西，映入眼帘的是金灿灿的稻田，还有随处可见的人字屋顶房子，从边境一直延展到其他内陆省份。这里的一些城镇乡村迄今仍保留着部分原始风俗习惯。

在广西地区，道家的宁静教义尚未深入人心，民众依旧对各种菩萨（即中国版的民间诸神）保持着坚定不移的信仰。在当地僧侣的狂热推动下，达官贵族的迷信程度远远超过了京畿地区。与满族人的宗教信仰不同的是，这种迷信甚至允许"神祇"们直接干预地方事务。

在这片隶属于大清的广袤土地上，前前任巡抚车唐留给当地人民的是一个精明、贪婪、残暴的专制者的形

———————

① 东京，越南北部地区的旧称。——译者注

象。这条地头蛇之所以能完全无视民众欲食其肉、饮其血的深仇大恨，能在针对他的成百上千次报复中金蝉脱壳，还能在人民的愤怒声讨中安详地走到生命的尽头，就是因为有着极为巧妙的应对良策与秘诀。

*

大约在他去世的十年前，一个仲夏的午后，湖泊在烈日的照耀下波光粼粼，树叶在烈日的炙烤下噼啪作响，尘土在烈日的暴晒下熠熠生辉。毒辣的阳光像一团火焰倾泻而下，洒在无数宏伟高耸的三层亭阁上。这些建筑物栉比鳞次地屹立在省会各条蜿蜒曲折的街道上——此类道路规划的形制与天朝其他所有大城市并无二致。在官府正室厅堂中最阴凉的地方，摆着一张嵌以贝母描金时新牡丹花图案的黑色座椅。此刻，车唐大人正端坐其上，手托着下巴，权杖就放在他的膝盖上。

在他的宝座后面，一尊体形高大、庄严肃穆的佛塑像岿然而立。宝座前方的台阶上，手持长矛、弓箭、战斧，身披鳞片盔甲的卫兵分列两侧。他的得力干将此时正站在他右侧给他扇风。

车唐的目光在台下的官员、族亲和将军身上游移不定，但众人脸上的表情都高深莫测。车大人疑心很重，常常杯弓蛇影。当他看到别人围在一起低声说话时，总感觉是对其图谋不轨，自己可能会遭遇不测。要消灭的目标是哪一个呢？他虽沉默寡言，不时露出狰狞的神色，却每天都在恐惧不安中度过。

就在这个时候，门帘掀开了，车唐手下的军官领着一位眉目清秀的年轻人跨过门口的毯子走了进来。这位不知名的年轻人穿着一袭火红的丝绸长袍，系着一条银饰腰带。他径直走到车唐跟前，躬身向他行礼。

带他进来的那位军官看了车唐一眼，说道：

"大人，这位年轻人叫谢依拉，他虽然只是城中默默无闻的一介草民，但自称无惧慢死酷刑的威胁，主动提出要向你证明，是菩萨派遣他来你身边完成使命的。"

"那你说来听听。"车唐说道。

于是，谢依拉重新直起身子。

＊

"大人，"谢依拉平静地说道，"我知道如果我接下来言辞不慎的话，将要面临什么样的后果。昨晚，我做了一个可怕的梦，菩萨们驾临我的梦境，告诉了我一个秘密，我听后吓得头昏目眩。你如果愿意听我跟你讲，就会发现这绝不是凡夫俗子编得出来的。单是听完我说的，你的心里就能体会到一种前所未有的感觉。我说的话会立即赋予你神秘的能力：只要你闭上眼睛，就可以通过你微眯的眼睑，看到那些企图扳倒你或密谋杀害你的人的名字以鲜血淋漓的方式呈现出来！因此，从今以后，你不仅能一直手握大权，还能远离一切致命的突袭，平静地安度晚年。我，谢依拉，在此立誓，此一秘密之术的法力与我所述毫无二致，请佛为我做证，祈愿佛光照拂我们的身体。"

谢依拉说完后，在场的所有人全都目瞪口呆。紧接着，厅堂里发生了一阵骚动，随之而来的是一片寂静。难以名状的不安情绪使大家再也无法冷静下来了。所有人都在打量眼前这个年轻人，但他却丝毫不怯场，俨然自己就是神秘魔法的拥有者和传播者的姿态。许多人在努力地挤出笑容，但却不敢相互对视。可以确定的是，他们所有人都不由自主地被谢依拉自信满满的演说吓得脸色苍白。整个会场一时间笼罩在令人窘迫的氛围中。车唐听了，却只是不动声色地环顾四周。

最后，车唐的一个族亲，也许是为了掩饰心中的不安，大声地嚷了起来：

"我们只当他是个吸食了鸦片的疯子在胡言乱语！"

这时，其他官员也跟着附和起来：

"没错，菩萨只会把神通传授给深山老林中那些年迈的僧人。"

其中一位高级官员站出来说：

"我们需要先审查一下这个小伙子自以为知晓的所谓秘密之术，看看是否值得呈报给睿智的巡抚大人。"

众军官也愤怒地指责道：

"而他自己……或许就是那些怀揣匕首、意图谋害大人性命的杀手中的一员，只等着巡抚大人稍有疏忽便趁机……"

"都给我住口！"

车唐拿起膝上那根镶着闪闪玉石、刻着神圣文字的权杖指向谢依拉，然后面无表情地说道：

"你继续说。"

谢依拉用指尖顺势捏起一把小乌木扇，在现场众人面前轻轻挥舞着说道：

"如果动用酷刑就想逼我谢依拉背叛我的誓言，把这伟大的秘术透露给除了巡抚大人以外的其他人，那么，我可以跟车大人保证，那些我们肉眼看不见，却能听到我们说话的菩萨是绝不会选派我来传话的。啊！在场的各位大人，我没有吸食鸦片，也没有装疯卖傻，更没有携带武器。只不过，我还要补充的是，我之所以能直面慢死酷刑的威胁，是因为这样一个秘术——如果真能应验的话——同样配得上一个等值的奖赏。车大人，你要公正而独立地做出判断，自主决定我是否该得到我索求的奖励。众位神灵已经用闪电般的气息启示了我，赋予了我殊胜的灵感，所以，接下来，倘若你在听我对你说话的过程中，闭上眼睛就能见证奇迹，真实地感受到菩萨赐予你的才能的话，你就把你光彩夺目的女儿李天色嫁给我，让我当高官、食厚禄、另赐我五万两黄金！"

谢依拉说完后，沉着冷静地摇了摇手中的扇子，并遮住了自己的半边脸，脸颊上露出了一抹不易察觉的玫瑰色。

谢依拉张口索要的天价赏赐顿时引起在场官员们的哄然嘲笑，更激起了多疑傲慢、贪得无厌的巡抚的暴怒。但他不露声色，一丝冷酷的微笑掠过他的唇边。他目不转睛地盯着谢依拉，后者则毫无惧色地继续说道：

"大人，佛祖法力无边，在他面前立伪誓的人是会遭受报应的。现在，我等待你对我庄严起誓：如果我传授给你的秘术是真实的，你就要依照我要求的那样赏赐我；如果是虚幻的，你可以随意处死我。"

听到这里，车唐站起身说道：

"我已发誓！你跟我来。"

*

过了好一会儿，谢依拉被带到一个悬挂着灯笼的穹顶下方，双手被人用细绳背绑在一根柱子上。此时，他一言不发地注视着距离他仅三步之遥的车唐，而身材高大的巡抚就站在这个地牢的铁门外边，右手扶着从墙体中伸出来的金属龙头，这条金属独眼龙正直勾勾地盯着谢依拉看。车唐身上那件绿色官袍在灯光下显得十分耀眼，他胸前那挂宝石朝珠发出夺目的光彩。由于铁门外一片漆黑，而灯光又只照到他的头部，所以他看起来就像是从阴影中探出头来一样。

由于仅有他们两个人身处地牢，所以没人能听得到他俩在说什么。

"你说吧。"车唐讲道。

"大人，我是卓越的诗人李太白的一位追随者。诸神赋予我才华，正如他们赐予你权力一样；他们将贫穷施加到我身上，使我的思想得到升华。因此，我感恩他们给予了我如此多的恩惠，让我过着无欲无求的平静生活。直到有一天晚上，当我站在你府邸上方的高台俯望庭园时，在皎洁的月光中，我看到了你的女儿李天色。大树上的花瓣在晚风的吹拂下飞扬，纷纷飘落到了她的脚边，簇拥着她……自从那天晚上以后，我就一个字也写不出来了，我感觉，她也想让我沐浴在她的光芒之中！……我再也忍受不了内心的煎熬，我宁可承受最可怕的死亡，也不愿经历没有她的日子的折磨。我希望通过一个英勇的举动，一个近乎神圣的巧妙手段，让我这个无名的过路人——啊，巡抚大人——能够攀升到你的女儿的身边！"

车唐也许已经听得有些不耐烦了，他右手大拇指按下了龙头上的眼睛。随即，有两扇门悄无声息地在谢依拉跟前滚动着拉开了，谢依拉一下子就看到了隔壁牢房内部的情形。

三名穿着皮衣的壮汉站在牢房里，一件件刑具在旁边的火盆里正烧得通红。此时，从穹顶上垂下一根坚固的丝绳，拆编成几条细细的绳线，这几根绳线下面挂着一个上方有圆形开口的小钢笼，钢笼在火焰的照耀下闪闪发光。

谢依拉以上所看到的，便是那用于施行残酷死刑的刑具。一个经历了烧伤酷刑的犯人被吊在半空中，一只手的手腕绑在丝绳上，另一只手的拇指向后和另一边那只脚的拇指系在一起。刽子手把死刑犯装进小钢笼里，使死刑犯的头从钢笼上方的圆孔露出来，同时将他的肩膀固定住。紧接着，刽子手往钢笼里放入两只饥肠辘辘的硕鼠，又重新闭合钢笼，并用力地摇了摇犯人。然后，刽子手便从牢房里退出来，将囚犯留在黑暗中，两天两夜后他们才回来处置。

这个恐怖的场景足以将意志坚定的人吓得瑟瑟发抖。然而，谢依拉却冷冷地说道：

"你忘记我说过，除了你之外，任何人都不准听到我说话了吗？"

于是，牢房外的大门又重新关上。

"你说的秘术到底是什么？"车唐咆哮着问他。

"你这个暴徒，"谢依拉眼中闪着愤怒的火光回答道，"今晚，你如果杀了我，你也将遭受一样的下场。难道你不明白，那些浑身颤抖着等待你回去的人最希望看到的就是你把我杀掉吗？……我死了不也就证明我的诺言没有效力吗？……他们会在心中偷偷嘲笑你的幼稚，甫提有多高兴了！我死了不就给你敲响了丧钟吗？……当他们确信自己不会被惩罚，而焦虑的情绪又转化成了愤怒，希冀破灭后的你还能指望他们对你的复仇会迟疑不决吗？喊你的刽子手过来吧！将来会有人为我报仇的。但是，我已经看到，你其实有预感，如果你现在杀了我，你的生命就开始进入倒计时了；通常来说，你的孩子们也会在你死后被屠杀掉；而你的花季闺女李天色必然成为行刺你的凶手们眼中的猎物。

"啊！但是，如果你想做一个深明大义的父母官的话，我们可以这样行事：过一会儿，你把手臂搭在我的肩膀上，在你身边卫士的簇拥下，表情保持庄重，装作好像已经受到神明的加持而具有超预知力一般，重新回到刚才那间摆放着你的官椅的厅堂，然后，你给我换上你的孩子们的服饰，再把我的心上人，也就是你的掌上明珠李天色召来，给我们举行订婚仪式，而后，你再吩咐手下负责财政的人员把五万两黄金郑重其事地赠予我。当现场所有人看到这一幕，我敢发誓，那些明里对你阿谀奉承、暗地里却早就在伺机拔刀谋害你的人必然惊慌失措，垂头丧气地跪地求饶。从今以后，绝对没有人再敢起心动念，与你为敌了。所以，你好好想想吧！大家都知道你理智冷静，英明有远见，善于为国家出谋划策，因此，异想天开的说辞根本不可能让你愁云密布的脸部表情短时间内就焕发出神圣庄严、得意恬静的色彩！……我说得没错吧？所有人都知道你心狠手辣，而你居然没有杀了我？所有人都知道你老谋深算，而你居然还让我活着？所有人都知道你贪婪成性，而你却不惜赏给我这么多黄金？所有人都知道你对你女儿宠爱有加，而你却因为我一句话，就把你的千金许配给我这么一个毫无名气的过路人？但在这一切面前，谁还敢提出什么质疑呢？……你希望怎么发挥一项老天爷赐予的秘术的价值呢？不就是让周围人坚信你将它牢牢掌握在手上吗？……所以，最重要的是，有人给你**创造**这样一项秘术！而我已经做到了。剩下的就看你了。我会信守我的承诺！好了，我刚才之所以明确说要多少黄金，还要你加封我本就视如粪土的官爵，就是为了凸显我所虚构的这项秘术的极端重要性。同时，由于你表里不一早已出了名，如果你出尔反尔的话，你可要掂量掂量将付出多大的代价！

"车唐大人，我，谢依拉，被你绑在这根柱子上的囚犯。在可怕的死神面前，我讴歌伟大的诗人李太白，赞扬他的光辉思想。我现在向你宣告的，确切地说，就是智慧之神指点你去做的事情。我告诉你，我们现在就昂首挺胸，喜气洋洋地一起回到地面上吧！怀着一颗感念天恩的心宽恕他人吧！否则，你将会遭受到严酷的报应。佛海无边，回头是岸！此时你还来得及对佛顶礼膜拜（感恩我佛赐予我神思妙计），赶紧下令举办灯火辉煌的盛大庆典，与民同乐。而我，明天就会和我挚爱的女孩，带着你慷慨赠予的黄金，找个更远的省份去过幸福的生活。待会儿，我还要自豪地领受你赏赐给我的朝珠，不过，我想我永远都不会佩戴上的。我有别的抱负：我只向往那些存在于世外桃源的、和谐深邃的境界，我宁可在那种与世无争的王国里逍遥自在，也不愿在你们的地盘上称王称霸。你已经体会到诸神赋予我的坚定信念与和你们一样的聪明智慧了，不是吗？这么说吧，我必然比你手下的任何高官都更能让你女儿眼中放射出喜悦的光芒！你去问问李天色就知道了！我的梦中情人啊！我坚信，只要她看着我，她就会这么跟你坦白的。而你已经有护身的神通加持，自然能治理好你的地区。要是你愿意秉持公平正义的精神来管理的话，那么你就可以把人民的恐惧转化成对你权力的拥护！这便是世间尊者的安身立命之道啊！我已经把自己知道的所有秘诀倾囊相授了。你权衡一下吧，然后做出抉择，并说到做到！该怎么做，我全告诉你了。"

谢依拉说完了。

车唐一动不动地站在那里，好像陷入冥想之中。他高大魁梧的身躯静静地投影到地牢的铁门上。过了好一会儿，他才从楼梯上走下来，快步来到谢依拉的跟前，双手搭在他的肩膀上，目不转睛地注视着他，百感交集。

过了好些时候，他拔出佩剑，将谢依拉身上的绳索割断，然后迅速取下象征自己权力的朝珠，挂到谢依拉的脖子上，对他说：

"跟我来。"

他重新登上地牢的台阶，一只手搭在那扇通往光明与自由的大门上。

谢依拉不仅赢得了爱情，还获得了这么个意料之外

的宝物，顿时感到有些眩晕。他凝视着车唐赏赐的这个
新礼物，喃喃自语道：

"呀！怎么还有宝石呢？此前到底谁在诬蔑你贪婪吝
啬啊？这可是你额外赠予我的财富啊！大人送我这挂朝
珠是想奖励我什么呢？"

"奖励你辱骂我的那些话。"车唐一边重新打开地牢
的大门迎接阳光，一边傲慢地回答道。

阿克蒂赛利尔

献给索尔兹伯里侯爵先生

世间万物，万象皆空。

——《印度圣书》

古时候的印度，波罗奈城被夕阳的薄雾笼罩着，犹如披着紫色的纱丽，在暮色中若隐若现。广袤无边的天宇中原本璀璨夺目的苏利耶星[1]隐没了，使得镶嵌在这座圣城所有神庙圆顶上的无数晶莹的宝石都瞬间黯然失色。

城东不远处的高岗上矗立着一排排茂密的糖棕树，青色的枝叶被夕阳抹上了金色，正随风晃动，仿佛在向哈巴德众山谷挥手致意。而在对面的山坡上，一座座神秘的宫殿之间种植着一片片宽阔的玫瑰，一个个被嫩绿叶子包裹着的玫瑰花冠已展露出紫红色的小脸，在柔和的热风的轻拂中摇曳。在斜阳的照射下，建在那些宫殿

---

[1] 苏利耶星，即太阳，苏利耶是印度神话中的太阳神。——编者注

花园中的喷泉朝空中喷射出的水如火红色的雪花般一滴滴地飘落回水池中。

在城郊赛克洛勒街区的中心，被一圈圈巨大的柱廊环绕着的毗湿奴①神庙俯视全城。一扇扇饰有大片金箔的大门把光芒反射到了空中，而庙宇的周边则稀疏地坐落着一百九十六座提婆②圣所。圣所临河而建，每个圣所的白色大理石底座均延伸到恒河的水域中，而闪闪发光的河水已浸漫过各座圣所跟前的阶梯式广场。在河水的倒影中，圣所上那些精雕细刻的镂空齿形装饰都隐没在缓慢飘过的绯红云霞里。

光辉灿烂的河水在神圣的堤岸下沉睡，远处的一艘艘帆船于颤动的波光中漂悬在宽阔的河面上。这个恒河沿岸的大城市颇具东方特色，布局铺陈杂乱无章，条条林荫道层层叠叠，幢幢带有白色圆顶的房屋和座座大型建筑物拔地而起。即便在信奉祆教的波斯人街区，仍耸立着一尊代表着湿婆③的林伽④，这尊火红的神像让人看起来觉得它好似在天界大火中熊熊燃烧一般。

在远郊的深处，矿井巷道蜿蜒曲折，望不到尽头的

---

① 毗湿奴，印度教三相神之一。——编者注
② 提婆，印度神话中的诸神。——编者注
③ 湿婆，印度教三相神之一。——编者注
④ 林伽，印度教湿婆派中湿婆的抽象代表，呈男性生殖器状。——编者注

军队营房栉比鳞次，数个街市聚集在商品交易区域中，而建造于众友仙人①统治时期的城堡塔楼依旧屹立不倒，星光洒在乳白透亮的城墙上熠熠生辉。在地平线的边缘，悬空雕刻在哈巴德群山岩脊上的神明塑像呈现张膝的坐姿：一些山峰被凿成了诸神的模样；绝大多数山峰映印在深渊中的轮廓，好似一尊尊高得令人眩晕的神明用手臂悬空托起石莲花的侧影。这些纹丝不动的形象所造成的不安氛围令尘世感到恐惧。

然而，就在这天的黄昏时刻，一个极富荣耀与欢庆的传闻却彻底打破了波罗奈城往日夜幕降临时分的宁静：每条街道、每个广场、每条林荫路、每个十字路口，连同大河两岸的沙坡上，到处都挤满了怀着喜悦而庄重的心情的民众。就在刚刚，各座神圣塔楼的守夜人都用手中的铜槌敲响了信号锣，一时间仿佛雷声隆隆响。这种标志着崇高时刻到来的信号宣告了女王阿克蒂赛利尔的凯旋——这位年轻的寡妇成功征服了两代阿格拉王。阿克蒂赛利尔身材优美修长，脸颊犹如珍珠般光滑润泽，晶莹高贵。她的目光妖媚而犀利，隐约掠过丝丝杀气。在此前攻取象岛的战斗中，她穿着象征王权的金色纬纱

---

① 众友仙人，印度神话中的仙人，原为刹帝利（古印度四种姓中的第二等级，即武士贵族）国王，后靠苦行修为成为婆罗门（古印度四种姓中的第一等级，即僧侣贵族）仙人。——编者注

丧服，以英勇果断的斗志点燃了身边无数勇士的激情，
雄视四方，威震天下。

*

阿克蒂赛利尔是牧羊人瓜廖尔的女儿。

当时，广袤的哈巴德地区正处于赛尤尔国王的统治
下。一个秋日的正午，在善良的提婆们的安排下，正在
狩猎原牛的太子辛亚布来到波罗奈城郊山谷深处的一泓
泉水边。此刻，少女阿克蒂赛利尔正在泉水边洗脚。当
他们初次相遇的那一刻，少女的魅力命中注定地在辛亚
布的心中播下了奇妙的爱情种子。当他再度邂逅阿克蒂
赛利尔时，即全身心地迷恋上了对方，疯狂地爱上了这
位日后成为其唯一配偶的少女。就这样，阿克蒂赛利尔
从一个牧羊人的后代蜕变成人民的引路人。

然而，太子辛亚布与阿克蒂赛利尔这对天作之合刚
成婚不久，阿克蒂赛利尔一直深爱着的辛亚布便撒手人
寰了。老迈的国王赛尤尔晚年丧子，陷入深深的绝望中，
很快便在阎罗王的召唤下郁郁而终了。所有波罗奈人不
得不匆匆忙忙地为国王与太子建造了一座合葬墓。

此时，辛亚布的弟弟塞杰努尔尚处幼年。一般来
说，这位年轻的王子从此以后不就应该在嫂子阿克蒂赛

利尔的庄严监护下，继承赛尤尔的工位，实现朝代的更迭吗？

也许：在凡人中，任何权利的正当性都是任人界定的。

早在阿克蒂赛利尔的运势迅速攀升的日子里——当时太子辛亚布还在世——这位牧羊人的后代便已隐约料想到自己未来的命运，内心因此备受煎熬。她身怀力量、勇气与博爱的禀赋，为人处事能力出众，不愿因循常人的规范。啊！阿克蒂赛利尔早就懂得通过大方的加官进爵和慷慨的金钱赏赐等政治手段，在赛尤尔的朝廷上，在军队中、首都里，在内阁内，在中央政府与外省地方政府中，以及在印度教各个僧团的领导者间培植了一大帮支持者，而且随着时间的推移，拥护她的这一派势力越来越强！然而，现在她却忧心忡忡，不知道接下来的日子会发生什么，因为在此之前，国王赛尤尔由于希望塞杰努尔在青年时代到远地求学，把他送到了尼泊尔接受当地智者的教育。于是，当议会发出召回塞杰努尔的命令时，阿克蒂赛利尔决定提前发难，一举扫除年轻的王子塞杰努尔可能带给她的不幸。她把所有的心思都放在图谋王权上，丝毫不顾及拒绝履行各种义务会引发什么争议。

在为老国王守灵的夜晚，彻夜未眠的阿克蒂赛利尔派遣了一支下重金雇佣的、拥护她的夺权大业的、听命于她的心腹军队来到塞杰努尔跟前。王子塞杰努尔的未婚妻——粟特国王的女儿叶尔卡公主——正好赶来与他相会。于是，年轻的王子与其未婚妻同时被阿克蒂赛利尔俘虏了。

这是塞杰努尔与叶尔卡公主第一次见到彼此，在这个风清月朗之夜，在大街上。

从这一刻起，阿克蒂赛利尔便将这两个觊觎王位的年轻人分别囚禁在被宽阔的恒河隔开的两座宫殿里，并让他们处于二十四小时的严密监视与看守中。

之所以把他们分开监禁，是出于稳固政权的考虑：如果两人中有一人成功逃脱，另一个势必成为人质；同时，由于古印度已订婚的男女都认定厮守终身的法则，所以他们虽然仅见过一面，但必然永远会思念与热恋着彼此。

*

随后，经过将近一年的统治，女王掌控下的政局日益稳固。这位年轻的寡妇始终忠诚于自己的丈夫，对太子辛亚布的离世深感悲痛。同时，她一直怀揣终生奋战、以图功成名就的雄心壮志，以绝对的优势征服了印度全境诸王，迫使他们对其俯首称臣！正是她的英明领导使得其治下各邦越发繁荣兴旺。在历次征伐中，她总是幸运地赢得了最后的胜利。人民纷纷为女王眼中投射出的母性光芒所折服，都甘愿为其献出自己的生命，甚至将这种牺牲视为女王难得赐予的恩惠。

女王在各场激烈的战役中所向披靡的传奇形象已经家喻户晓：所有参战的印度军团总能看到她身披铠甲，激情满怀地骑在头顶镶满宝石的大象上奋勇杀敌的形象。在战场上，她即便脸上早已溅满了血珠，也依旧光彩照人、无所畏惧地挥动着寒光闪耀的弯刀，如燕子般穿梭在枪林箭雨之中，高傲不屈地带领她的军队一步步迈向胜利。

这就是阿克蒂赛利尔在外征战数月后胜利回到首都时能受到民众如此盛大而隆重的欢迎的原因。

当阿克蒂赛利尔的队伍走到距离首都仅有几小时路程的地方时，报信者便把消息传递到这座城市的每个角落。现在，人们老远就能分辨出包着红头巾的侦察兵，看到脚穿铁靴的士兵正从山丘上走下来，这意味着女王也许会沿着苏拉特公路返回首都。届时，她将带兵从主城门进来，经过层层堡垒，她所率领的各支部队也会依次在周边的村庄中安营扎寨。

在波罗奈城普里亚姆维达林荫道的深处，只见许多火把在笃耨香丛中穿梭晃动，王室的奴隶正急忙点燃各处的灯火，将偌大的赛尤尔宫殿照个通亮。此时此刻，男性市民正采摘用于欢迎庆典的树枝，妇女们则忙于把一朵朵大大的鲜花铺在王宫大道上。王宫大道横贯仙人大道，通向迦摩①广场。忙碌的人们频繁弯腰，俯身侧耳倾听远处传来的声响，那是一辆辆战车、一列列步兵、一队队骑兵浩浩荡荡回城时带给这片土地的震颤之音。

突然，人们听到了死囚押送车行进中发出的低沉沙沙声。紧接着，时而传来各式兵器和锁链碰撞的嘈杂声，时而传来敲击铙钹的响声，时而又传来吹奏铜笛的乐声。这便是充当先头部队的骑士们在他们的指挥官的引领下，高举着旌旗，步调不一地开始从各个方向涌进都城。

苏拉特门前的迦摩广场已经铺上了浅黄褐色的伊尔明苏尔地毯，以及从遥远的阿布辛贝的工场进口的织物，后者是一些五颜六色的哑光布。每年，图兰人的沙漠商队都将这些哑光布运输过来，作为交换，图兰人可以得到一些阉人。

在恒河大道的两侧，槟榔树、糖棕树、红树与无花果树的树枝之间所系着的象征幸福欢乐之义的巴格达彩布正迎风飘扬。在西城门的拱顶下方，从宽敞的门厅两

---

① 迦摩，印度神话中的爱神。——编者注

侧各走出一排身着华丽的刺绣长袍的朝臣，以及婆罗门和宫廷官员，他们簇拥着宰相一起等待女王的到来。而坐在宰相身边的还有哈巴德地区的三位牧牛王，他们同时也是内阁大臣。喜悦与欢乐将被分享，象岛的战利品将被分发给人民，黄金的粉末将被洒向大地。更为重要的是，在广阔的马戏场的围栏里，在一支独自燃烧的火把的微光下，将上演一场夜间犀牛大战（印度人崇拜犀牛）。不过，现在，民众唯一担忧的是，女王身上的伤口是否会危及她美丽的生命。于是，他们找到走在队伍最前面的、气喘吁吁的侦察兵，费了好大的劲儿询问完后，心里悬着的石头终于落地了。

在通往宫殿的路上，可以看到一块空地，那是仙人大道的入口。那里此刻正矗立着一座座冒着青色香烟的铜制三脚支架。在这些又高又重的三脚支架之间，戴着面纱的寺院舞女列队翩翩起舞，美丽动人的舞姿如一个个五颜六色的花环，佩戴的珍珠串儿也随之流转着，手中弯曲的短刀诱惑着行人，挑逗着行人。

*

迦摩广场的另一端延伸出了首都最长的林荫大道。几个世纪以来，所有人都对这条大道敬而远之。它静静地朝遥远的深处延展，路上荒无人烟。由于长期无人照拂，大路两旁的树木长势极为茂盛，整条大街在浓密绿荫的遮蔽下几乎伸手不见五指。排成长长一行的耍蛇人身缠浅灰色的腰带，站在街道入口的前方。一条条蛇在耍蛇人吹奏的尖锐音乐声中以尾巴的尖端着地，直立着起舞。

这条荒芜的林荫大道的尽头正是湿婆神庙。任何印度人都不敢冒险在这条绿荫如盖、漆黑得可怕的街道中行走。孩子们对这条街道从来都是闭口不谈，哪怕小声地说起都不敢。而今天，胜利的喜悦令所有人都欢欣鼓舞，这条街道也不再引起任何人的注意。这条林荫大道尽管仍然带着其梦幻色彩张开大口，但此刻却仿佛收敛了它的黑暗一般。有个非常古老的传说认为：在某些夜晚，这条林荫道上的每一片树叶都会渗出一滴鲜血；这场令人悲伤的红雨降临大地，会让这条死寂的林荫道泥泞不堪；而与此同时，湿婆的幽灵将渗入整条街道的每个角落。

*

现在，所有人的目光都注视着地平线。同时，每个人心中均有个疑问：女王会在夜幕降临之前回来吗？众人虔诚地等待女王归来，既喜悦不已又焦急不安。

然而，暮色渐渐隐去，天空开始染成墨蓝。夕阳的金光渐渐淡去，星星开始悄悄出现在灰蒙蒙的夜空中……

当太阳摇曳着就要沉入地平线以下时，只见长如溪流的举着火把的队伍朝西城门冒着青烟的方向像波浪起伏一般涌了过来。就在这个时候，苏拉特公路的终点，也就是远方的那些山丘之间的隘路的出口，扬起的浓厚尘土透出火焰的光芒，一群群手持刀剑的骑兵出现了，紧接着又看到数以千计的枪骑兵，再之后则是一辆辆马车。围绕着各个山冈移动的部队中突然出现了身着棕色长袍、脚穿褐色战靴、膝绑青铜护甲的方阵，从行军方阵中伸出了许多长矛，几乎每把长矛的尖刺上都插着一颗被砍下的敌方人头。士兵们每往前走一步，后排的长矛尖就会和前排长矛上插着的被斩断的首级发生碰撞，场面看起来非常血腥。接下来这个方阵的部队负责押运攻城器械，还有一头头体格强壮的野驴正拉着很多载有粮草的四轮车紧随其后，驴车的草垫上躺卧着数名伤员和其他作战单位的步兵，同时也放着一些标枪或手动的投石器。以上差不多就是整支先遣部队，他们沿着斜坡直下，奔向都城，从各个城门绕行进入城中。转眼间，便听到了与响彻波罗奈城的神圣锣声遥相呼应的王家号角声，尽管此时还看不到吹号人的影子。

很快，不少传讯的军官出现了，他们疾步抵达苏拉特公路口，然后迅速清除路面上的障碍，叫喊着各种军令。跟随在军官身后的是整整两个军团的俘虏，他们低着头，晃动着锁在手上的铁链缓慢地向前走。行驶在两批俘虏之间的，是多台笨重得左摇右摆的拖车，车辆满载种类丰富的战利品，有缴获的盔甲武器、数量可观的财宝、掠夺而来的物品。两代阿格拉王则骑在他们自己壮硕的虎纹马上，走在拖车的最前面。女王领着两位国王俘虏凯旋，当然也给了他们足够的尊重。

紧跟在俘虏后面的是身披朱红甲胄的青年女军人们驾着的带有闪亮三角楣装饰的战车。她们手上都拿着一把硕大的弯弓，肩膀上则横背着几捆箭。虽然这些女军人中有的因为伤口包扎不严还在流血，但她们个个都是令人闻风丧胆的女王手下勇猛尚武的战士。

这支战力强悍的庞大军队里压轴出场的是六十三头大象组成的半圆形状的阵容，每头大象都由精兵良将指挥和驾驭，这个阵容的前后左右都簇拥着数不清的士兵进行护卫。而处于这个军阵核心位置的便是阿克蒂赛利尔，她的坐骑是一头有着一对包金象牙的黑象。

见到眼前这一幕，一直被自豪感与焦虑感压抑得鸦雀无声的波罗奈城民众爆发出了前所未有的欢呼声，充分地宣泄心中激昂的情绪。全城数以千计的棕榈树亦激动地摇曳着身姿，到处都是喜气洋洋的景象。

透过高空洒下的微弱星光，人们已经能够辨认出哈巴德女王阿克蒂赛利尔的造型来了。只见她皮肤白皙，身穿金色的裙子，站在她的华盖下的四根圆杆之间，布满钻石的腰带上系扣着一把弯刀，样子显得很神秘，在阵容中显得十分突出。她用自己左手的手指反复牵拉套在她的专属坐骑上的小链条来控制它。她模仿那些雕刻在遥远的哈巴德群山悬崖上的提婆的姿势，右手托举起一朵象征印度王权、浸润着红色露水的金色莲花。

在这个傍晚，天空时不时把红色的晚霞涂抹在尖尖的象牙上，映照在镶嵌于头巾的宝石上，投射到士兵手中的战斧上，红光照亮了女王，也把她周遭的一头头庞然大物都染成了紫红色。只见一条条紫红色的象腿之间清晰地悬挂着一根根粗壮的长鼻，侧面则耷拉着一片片形似棕榈叶的象耳，宽厚的耳朵在前进过程中一摇一晃地扇着。

随着大军逐渐抵近，大地发出了低沉的回声！

这些移动的大象所组成的声势吓人、遮天蔽日的半圆阵容后面，一大团乌黑色的环状云朵正逐渐突破地平线腾空而起，从四面八方同时朝这边扑来，这便是一支配备了上千头单峰驼、行列严整有序的部队。见到这个阵势，波罗奈城的民众终于明白为何临近的多个乡镇要提前留出供安营扎寨的空间了。

当哈巴德女王的大军行进到距离北城门仅一箭之遥的地方时，城内各支队伍便踏上苏拉特公路去迎接她凯旋。

很快，所有人便认出了阿克蒂赛利尔那张端庄的脸庞。

*

这位冰肌玉肤的王家姑娘身材高挑。她白皙的前额戴着一条镶着长条钻石、象征尊贵地位的紫红色头巾。套在这条头巾上的束发带上面稀疏地嵌着一颗颗小金钻，但这根束发带已在历次战争中磨得褪了颜色。阿克蒂赛利尔波浪式的头发与王冠上的小带子一起沿着她颀长而又富有肌肉线条的后背垂落下来，头发的青色影子就映现在金色的裙子上。她的容貌散发出的魅力带给人更多的是一种心绪不宁的压迫感，很难让人产生倾慕的欲望。但是，哈巴德地区还是有不计其数的孩子在安静地翘首等待她的到来，想一睹其真容。

淡琥珀色的微光洒在女王的肌肤上，让她的身体轮廓一下子变得鲜活起来，就像拂晓的阳光打在喜马拉雅山脉白雪皑皑的山体上，使巍峨的群峰瞬间现出形状一般。

女王修长的一字眉下安静地躺着印度女人特有的慵

懒的双眼皮，而眼皮下的那双深蓝色的眼睛则炯炯有神，深不可测。这双亮晶晶的眼睛承载着很多梦想，且带有一种改变世间万物面貌的魔力。同时，这双眼睛所具有的不同寻常的诱惑力也注定使女王的美颜让人过目不忘。

当人们的注意力被女王闪闪发亮的眼睛投射的光芒所吸引时，脸上其他部位在眼睛的掩映下散发出了一种磁性般的诱惑力：凸出的双鬓露高傲之色，椭圆的双颊呈精致之状，纤细的鼻孔总能敏锐地捕捉各种危险的信号，寡言的嘴巴常会血腥地显示攻城略地的杀气，严肃的笑容每每冰冷地透出猎豹獠牙的寒光。

阿克蒂赛利尔仙女般的优雅气质下总隐藏着某种难以解开的谜团。

在夜晚，哈巴德巾帼英雄阿克蒂赛利尔时常会与她的女勇士们一起在军营的帐篷中或宫殿的花园里欢庆胜利，每当其中有人用可爱迷人的言语为女王激发士气的无穷力量赞叹不已的时候，她总是流露出某种神秘的微笑。

啊！像痛饮一杯绝妙的红酒一样去拥抱这位女性的野性与凄美，拥抱她难能可贵的笑声吧！贴到她的嘴唇上与她尽情舌吻，充分咀嚼她心中的梦想吧！拥抱她温柔而律动的迷人身体，沉沦到她的怀抱中，感受她弥久的芳香吧！深陷进她眼睛的渊洞中吧！这位极端忠贞的寡妇投射出的庄严目光打破了意义所产生的眩晕！在攻城最难的阶段或者武装冲突最激烈的时候，她的生命中蕴含的那种悲壮而坚定的决心总能鼓励军团中年轻的战士跟随她不惧负伤地去战斗。

她的身上总是散发出一种刚要绽放的花蕊的迷人香气。在充满血腥味的残酷战斗中，这种令人陶醉的香气总是能够让她身边的保卫者为她的个人魅力所折服，忠诚不贰地追随着她，在沙场上奋不顾身！她只消一个眼神就能产生非凡的效果，就能鼓舞众将士全身心地投入战斗中，甚至不惜牺牲自己的生命。

当战局尘埃落定，所有人都沉浸在胜利的喜悦中，欢庆之余总让人想起以上与女王有关的一些令人难忘的细节。

*

现在，阿克蒂赛利尔终于来到了城堡的入口处。她静静地倾听完各位大领主的欢迎贺词与致敬献词，然后给了女战士驾驭的马车队一个旁人难以察觉的指令，后者便在雷声隆隆中迅速穿过城堡各拱门，来到迦摩广场。兴高采烈的民众欢呼着她的名字。在民众的簇拥下，她骑着黑象踏上了铺至城门的地毯，走过门厅，进入波罗奈城中。

突然，她的目光落在了远处那条备受诟病的林荫大道，大道尽头连接着的便是古老的湿婆神庙，朝向女王的则是神庙一面巨大而有些残破的外墙。

她全身颤抖——也许她想起了什么事——猛地刹住坐骑，命令身边的几个驭象人把阶梯顺着披在黑象身上的铠甲从两侧放下来。

她迈着轻盈的步伐从黑象上走下来。紧接着，三个折服于她个人魅力的情报侦察员突然出现在站立于女王跟前的人群中。他们戴着头巾，身穿黑色的长袍。这三个狡猾诡诈的眼线一定深得女王信任，在女王出外征战这段时间负责执行某个绝密的任务。

在女王眼神的示意下，所有人迅速让出一条路来。这三个人迅速走到女王跟前，围在她身边，弯下腰来，一个接一个地在她耳边窃窃私语。他们在女王身旁汇报了很长时间，说话的声音低到没人听得到他们在讲什么。但是，随着时间的推移，女王的表情却变得越来越难看，面色竟渐渐变得苍白，脸上突然间闪过一道令人畏惧的寒光。

女王转过身，生硬地吼了一句：

"给我辆马车！"

这命令的声音震得整个迦摩广场都颤抖起来。她的贴身宠姬随即从马上跳下来，把两根由青铜线编织而成的缰绳呈递给她。

她一跃上马，喝声道：

"任何人都别跟着我！"

然后，她目不转睛地凝视着那条荒芜的林荫大道，全然不顾身后一脸惊愕的民众与城内瑟瑟发抖的官员，手持火把、快马加鞭地驾车朝前奔去。她一路上掀翻了受到惊吓的耍蛇人，将一条条蛇碾压在车轮下，像支发光的利箭一般冲入浓密树荫的黑暗中，独身穿过令人惊怖的林荫大道，直抵尽头的神庙。

眨眼的工夫，人们便看到她像一道光束一样射向远方，身影渐渐变小，并最终变成一颗闪闪发光的星星……

最后，所有人都隐隐约约地看到，她到达北方的林中开阔地后，便在玄武岩台阶跟前勒住缰绳，停下了马车。在高高的台阶上方，是围着栅栏的空地和深藏于黑暗中的圣所柱廊。

现在，女王正一只手提着金色裙摆，沿着那令人心生恐惧的台阶一级接一级地往上攀登。

来到神庙的门口之后，她用她的弯刀柄上的球饰猛撞了三下铜制的双开门，她敲击门扇的声音就像响亮的控诉一般，大得吓人。尽管距离颇远，但回声仍传到了迦摩广场上空。

当女王叩击到第三下时，那两块神秘的门扇悄无声息地被打开了，阿克蒂赛利尔像幻影一样迈入神殿中。

当女王的影子消失在大门口时，原本松开的金属大口在藏身湿婆神庙暗处的僧侣们的推动下又重新合上了，女王的四周只剩下一片漆黑。

＊

尽管阿克蒂赛利尔身后有无数双惊异的眼睛在看着她，但她仍毅然径直往神庙的深处走去。在长长的通道两侧，是被一根根柱石隔开的停放灵柩的房间。而地面上冰冷的石板无疑使她的脚步声显得更为响亮。

夕阳的最后几缕光芒穿过庙宇厚厚的墙面上的几个通风口投射进来，照亮了女王前行的道路。她眨了眨眼，映入她眼帘的是寺庙内昏暗的环境。她的战靴上还沾着先前战斗中留下的鲜血（但血淋淋的战靴并不会让她朝见的神明感到不快），战靴落地发出的阵阵响声在寂静的寺庙中回荡。从通风口斜照进来的道道红色光束把殿内诸神映在石板上的影子拉得很长很长。当她从神明的塑像前走过时，金色的裙摆便从诸神的一个个影子上掠过。

在寺庙最深处，成堆的红色斑岩石块上突然出现了一个巨大的暗黑色石头造型。

这个巨像是湿婆的一个相貌。湿婆是共相实存的原初之敌，呈现在我们眼前的是湿婆盘腿而坐的姿态。整个巨石像的大小就如同只有上半身呈现出来一样。不可思议的是，石像的脸部表情却看不见了，好像神明正在黑夜的笼罩下思索一般。神像的八条臂膀交叉放在阴森森的胸膛前，两个膝盖处于神像的两侧，分别抵住神庙两边的墙壁。许多紫红色幔帐就挂在湿婆的巨大底座下的数根柱石之间，一直垂到从地面加高的三级台阶上。这些又宽又大的帷幕后面隐藏了一个深挖的中空石洞。

在层层叠叠、难以穿透的幔帐后面，献祭用的石台就倾斜着朝向洞口安放。

自印度的黑暗时期以来，每天接近子夜的时候，湿婆派的婆罗门就会敲打着锣，从他们藏身的隐蔽场所中涌出。在低沉的锣声中，他们会把一个活人拉入湿婆的神庙。有时候，会有人主动要求献祭；有时候，活祭的则可能是厌世的流刑犯。由于湿婆的圣所里没有任何灯火，主持人祭的婆罗门会在祭台上摆一圈燃烧着的木炭。在炭火的微光中，祭司们用铜制绊索将赤裸的"人牲"张开的四肢固定在献祭的石台上。

很快，僧侣们手中熊熊燃烧的火把便将虔诚地围在四周的婆罗门照亮了。在大祭司的示意下，负责祭祀湿婆的祭司以每走一步停一步的方式向"人牲"靠近。当他走到"人牲"跟前时，便举起大刀朝石台缓慢弯下腰，一瞬间就把"人牲"的胸腔悄无声息地剖开了。

出于对破坏之神湿婆的绝对忠诚与崇敬，大祭司离开祭台，走到"人牲"前开始念咒语。紧接着，他按照祭祀的流程，用带着利爪的双手插入"人牲"胸腔的刀口处，使劲把伤口掰开，然后伸手进去搜寻"人牲"的恐惧之源——心脏。而后，他猛地抽离双臂，把"人牲"的心脏拽出来，高高地举起双臂，将心脏敬献给创世之神，任心脏上带血的纤维组织从手指间滑落下来。

随后，婆罗门走上前，围在大祭司四周，以毫无变化的声调低沉地、如痴如醉地唱诵古老而著名的湿婆赞歌《对光明的伟大诅咒》。婆罗门唱完赞歌以后，大祭司把还在抽动的心脏放到圣火上。于是，圣火便一点点地将心脏最后的颤抖吞噬干净。随着热乎乎的水汽沿着湿婆神像扁平的肚皮向上升腾，罪恶的生命也因此得到了救赎。

这个仪式很简短，每次祭祀时都仅仅是听到神庙里传出一阵响亮的回声，总让人感觉很诡秘。

*

这天晚上，长长的幔帐垂下来盖在献祭的石台上，一个城里人正孤独地站在对面的三级台阶上，这个男人的面部表情和湿婆一样冷冰冰的。

这位体格高大的老人躯体赤裸，只在腰部缠绕着深色的破衣服，瘦骨嶙峋的身板上裹着爬满皱纹、看起来有些奇怪的白色皮肤，正着手将一片片沾染血迹的帷幕拨开来。

只见他颅骨突出如犀，秃顶，没有胡须，脸上没有流露出任何表情，眼神很冷漠。此时此刻，夕阳的光线正好折射到其扁平的太阳穴上，形成一块火红的亮斑，让人看得头昏目眩。在他光秃秃的眉弓下，深陷的眼睛连通着神明与凡人的世界，透露着妖邪的灵光。

其两眼之间，一个硕大的鹰嘴鼻俯冲而下，直抵苍白如旧伤的嘴巴，毫无血色的嘴唇已神秘地与宽阔的下巴混成一体。在他骨瘦如柴的躯体内，只有某种意志力在闪烁，而这意志力已经无法被死亡动摇，因为人类称之为生命的东西已在这位幽灵般的苦行者身上荡然无存，只有灵性还依然存在着。

眼前的这个活死人就是几百年才能遇到一次的湿婆大祭司，他那令人心生畏惧的双手不知剥夺了多少人的性命。大祭司堪称所有不知名的宗教隐修士的代表，人们也许只有在夜深人静的时候仔细倾听，才能觉察到从那与世隔绝的神庙传来的这个残暴之人的喊叫声。

*

然而，现在，阿克蒂赛利尔正气冲冲地朝他走过来，这个男人的样貌令她火冒三丈：女王震颤的胸脯燃烧着怒火，发抖的鼻子充溢着怒气，抽动的嘴唇涂满了怒色！

女王终于来到他跟前。她停下脚步，一声不吭地打量着这个站在阴森恐怖的氛围中的男人。片刻过后，朝气蓬勃的女王用一种富有活力的口吻，掷地有声地对他说：

"大祭司，我知道，作为婆罗门，你已经从我们的快乐、我们的欲望、我们的痛苦中解脱出来。你从云雾缭绕的神奇传说中走来，深邃的眼神透着岁月的沧桑。在夜晚的山间小路上，当牧羊人、科尔多凡商人、捕捉猞猁和野牛的猎人看到你的时候，你义无反顾地躬身投入暴风雨中。你对闪电明亮的光芒视而不见，你对轰鸣夜空的雷声充耳不闻，你双眸深处恬静地反射出扎根心中的神明形象。你蔑视现世深渊中的种种物欲，精神上一直怀揣最初的希冀，始终向往着神圣虚空的灵界。

"既然如此，你为何要以这样可憎的面目让人无法接近呢？我手下的能人们在你年迈的躯体上白耗了自己所学的知识，我美丽的少女们在你身上白费了自己快乐的青春。你的冷漠与麻木是对我至高无上的权力的挑战！因此，我要向你所崇敬的神明申诉我的不满！"

女王踏上圣殿的第一级石阶，随后抬起头，仰望着这尊高耸的、没入神殿顶部黑暗中的湿婆神像。她凝视着湿婆那张布满巨大阴影的脸庞，开口说道：

"湿婆，"她大声喊道，"你是在无形中飞行、使阳光也披上恐惧外衣的神灵，你是在未启示的真理前奋起、痛声谴责这宇宙谎言的神明，你还将摧毁什么！虽然我曾经在战斗的过程中感受到你在我身边赋予我歼敌的力量，但是，我命定的智慧之父啊，这一天，你的女儿要控诉你的祭司的罪行，恐怕将会扰乱你神殿的清净！

"湿婆啊，神明们向来对人类的控告格外感兴趣。你可曾记得，在我不得不率领我的军队横渡锡尔河与阿姆河，以胜利者的身份进入粟特国（他们的国王竟敢向我讨要他的独生女，即成了我的俘虏的公主叶尔卡）被战火吞没的城邦之前，和平的曙光甚少照拂我统辖的领土。我知道，尼泊尔的某些族群会利用这场远离他们国度的战争公开宣告哈巴德国王，也就是我永世难忘的夫君辛亚布太子的兄弟——塞杰努尔王子——的合法性。对于塞杰努尔，我一直下不了将其斩杀的决心。虽然我已经赢得了战争，但塞杰努尔王子始终是诞生历代国王的、最古老的种族埃巴哈尔族的一员，难道不是这样吗？

"我征服了粟特国，凯旋后，我又不得不镇压了叛乱者——他们不得不向我俯首称臣，同时刻碑铭记我英勇善战的功绩与宽宏大量的美德。

"当时，为了防止发生新的叛乱和战争，我在波罗奈召开了内阁会议，决定以拯救所有人的名义消灭参与骚乱的敌对分子。于是，内阁发布了处决王子塞杰努尔及其未婚妻，也就是我的俘虏叶尔卡公主的法令。印度人民恳请我加快执行这项政令，以确保我王位的稳固与国家的安宁。

"面临赦免与严惩二者选其一的抉择时，强烈的自尊使我不愿因为他们的内疚与悔罪就动摇了决心。就让他们做我的俘虏吧？我满怀悲伤，不可避免地冒出这一极不公正的想法——真是令人绝望的念头！……但还是让他们成为献祭的牺牲品吧？这两个忘恩负义的怯懦之人，只要一想起他们，我的自豪感就会完全枯竭！啊！胜利之神啊！我绝非像富裕的祆教女孩们那般心如蛇蝎之人，看到别人失去生命会让我感到痛楚。我们伟大而勇敢的女战士虽久经战火的洗礼，却都是宽宏大量之人。而作为这些荣耀加身的姑娘中的一员——湿婆啊！——我同样性格温和，常怀仁慈之心。

"然而，只要这俩孩子活着，危险就将一直蛰伏，随时可能爆发，永远无法消除。所以，绝不能留着他们，否则，因他们而兴起的叛乱必然还将造成更大范围的流血牺牲！作为女王，我有权让他们活着吗？

*

"啊！所以我决定，无论如何都要亲眼去瞧他们一回，看看他们是否值得我的灵魂忍受焦虑的折磨。于是，有一天，在晨曦微露时，我换上了旧时的穿着——以前我在山谷里帮我父亲看护羊群时便是这副打扮——然后装作谁都不认识，壮着胆子走进隐藏在玫瑰园地中、被恒河隔开的那两座分别囚禁他们的宫殿中。

"啊，湿婆！我晚上返回的时候，感到头昏目眩……当我重新孤单地回到赛尤尔的宫殿时，在这座我失去丈夫、成为寡妇的王宫里，独处的忧郁与伤感压垮了我：我感受到一种从未体会过的不宁心绪！

"啊！这简直是一对令人羡慕的天作之合。他们纯洁得让我深受震撼，而且对我毫无怨气！他们挣扎着活下去，就图一个信念：无论自由抑或被俘，甚至遭受流放，二人决意以爱之名，永结同心。塞杰努尔王子身上的王室气质和清澈透亮的目光，以及他与太子相似的脸部轮廓，又一次让我想起了我的夫君辛亚布。叶尔卡公主则是一个贞洁的少女，如此含情脉脉，如此美丽大方……他们俩的心并没有因为身体的分离而彼此疏远，反而在相知中相思相念。自古以来，在神圣庄严的印度大地上，我们的民族不正是如此孕育爱情的种子，感受爱情的火花的吗？这就是对爱侣矢志不移的忠诚！

"湿婆，你可能会问，就这两个孩子，能带来什么危险？但是，虽然他们还是孩子，可塞杰努尔毕竟是由智者们抚养长大的，他感激命运之神让他免除了君王的忧虑！他微笑着对我说，他可怜我如此热衷于当女王！王子淡泊名利，视荣誉与理想如粪土，就凭这一点便能让我脸上暗淡无光。对于王子与他钟情的叶尔卡来说，相亲相爱就是他们之间独一无二的旋律。而且，他们一直对我说，他们确信我会很快让他们团聚，因为我也被爱过，也是一个忠实于爱的人！"

*

阿克蒂赛利尔将她那张容光焕发的寡妇之脸埋入双手。片刻后，她又继续说道：

"指派几个刽子手去结果这两个孩子的性命？不，我永远不会这么做！但是，该如何解决这个棘手的难题呢？毕竟，赐他们死是唯一能够让坚定追随塞杰努尔王子的顽固分子心灰意冷，从而杜绝一切后患的方案，何况印度人都要求我这么做来换取和平。诚然，当时还有其他叛乱者在威胁我的统治：为此，我不得不起兵攻打印度 – 斯基泰地区……就在我准备向阿拉霍西亚山区

的原住民进攻的前一天，突然，一个奇怪的想法启发了
我！彼时彼刻，我想到的就是你，湿婆！那天夜里，我
离开王宫，孤身跑到这里，你回忆起来了吗？我忧郁的
神！当时，我特意来到你的圣所前，向你的黑暗大祭司
寻求帮助。

"我对他说：'大祭司，我知道，无论是我镶嵌着
无数宝石、闪闪发亮的御座，还是我的军队，抑或是民
众的崇敬、国家的宝藏，哪怕是这象征王权的圣洁莲
花——不，世间万物、任何东西都无法与爱情最初的心
动和情欲的渴望给人带来的快乐相媲美！如果人可以在
新婚的喜悦中死去，那么我的心一定从脸色洁白又喜气
洋洋的辛亚布用一个个锁链般的吻将我牢牢地锁住的那
一刻起就停止跳动了！

"'然而，是否有可能通过某种魔力，让这两个被定
罪的孩子在从未经历过的、强烈而彻底的愉悦中走向死
亡，同时让他们觉得，比起活着，死去反而更令人向往
呢？有的，可以使用某种令我们如影子一般魂飞魄散的
魔法——如果能够提升他们彼此的爱意，甚至通过湿婆
的威力增强他们的爱欲，也许就能使得他们经络的气血
在似火的原始激情作用下被耗尽，从而陷入永不可能再
醒来的昏厥之中。啊！这种绝美的死亡方式如果可以实
现的话，难道不是一种折中的办法吗？毕竟他们在这个

过程中将彼此奉献给了对方。同时，我也认为只有这样一种升天的方式才配得上他们甜美的爱情。'

"大祭司听完我上面说的这些话以后，当天晚上即对我许下他神圣的诺言，他说：

"'女王，我会让一切如你所愿！'

"湿婆，既然你的大祭司向我做出了承诺，我便下令允许他自由出入关押王子塞杰努尔和公主叶尔卡的宫殿。在我因犯下杀人罪而给自己带来的痛苦得到些许安慰之后，第二天拂晓，我就拔寨起营，发兵阿拉霍西亚。湿婆，在你的庇佑之下，我的将士在沙场上勇猛作战，最终使我今晚又一次胜利而归！

"可是，就在刚才部队进城时，大祭司的承诺闪过我的心头。我想，也许在我远征的过程中，他已经完美地执行了死刑。由于我沉浸在对献给你的神圣祭品——王子塞杰努尔和公主叶尔卡——的冥想中，我不由得凝视着神庙的外观。就在这时，我的三个眼线走了过来，跟我透露说，你的这位德高望重的大祭司竟是一个口是心非的大骗子！"

女王的眼睛直勾勾地盯着站在她面前的这位苦行僧，说话的声音只有轻微的颤抖，几乎让人察觉不出她早已怒气冲天。

"别骗我！"她继续说道，"请告诉我，他们到底有哪些故事感动了你，让你假惺惺地执意要为这对完美的情侣网开一面？在你的庇护下，这对情侣的眼中迸出了多少愉悦而欣喜的泪水？你又是如何施法，让他们在不为人知的情爱悸动中震颤着各自的身体感官，直至最终达到我之前所期望的心力衰竭、不治而亡的？不，别开口，我不想听你说话。

"我的几个眼线就在神庙的围墙内听着你说话，观察着你的一举一动。我对他们的明智与忠诚非常赞赏。来吧，你可以抬眼看着我！对那些用想要驯服我的眼神看我的人，我常常回敬以具有压迫性的眼神，我可不会屈服于什么魔法！

"啊！纯洁的王子塞杰努尔，你有着质朴的灵魂……而你，白皙的叶尔卡，你是个如此温柔的少女！孩子们，孩子们……这个男人才是你们应在无情且不懂爱的众神面前控告的对象。

"我真想弄清楚，这个不知哪个女人生出来的男人为什么要对我隐瞒对王室宗族——也许是对其中的一位君王——的强烈恨意，以及他为什么决意在这两个无辜的后代身上报仇雪恨！……大祭司，试问，还有其他动机可以解释你目前的行为吗？除非你年老的身躯已经羸弱得不受控制，从而在与生俱来的强烈本能的长时间驱使下做出了无意识的举动。然而，你可是从身体上与精神上对他们进行了双重折磨，我怎么可能轻易相信你的行为是无意识的呢?

"所以，说到底，你的施法只是动动嘴皮子而已，对吗? 就凭几句话，你便让他们的灵魂经历一种神秘的濒死状态，说服他们成功地逃避了痛苦，自愿拥抱死亡的命运?

"是的，大祭司，我猜，你之所以狡猾地犯下了罪行，是因为蔑视我。你以为，我肯定不会向你的神控告你，也不会在这被你的伪誓亵渎的石板上训斥你。"

刚刚眼睛还闪闪发光的阿克蒂赛利尔带着苦涩的口吻继续说道:

"我来告诉你你究竟做了什么。你用冷峻的外貌骗取了他们两个单纯的孩子的信任，然后就立刻开始了这项被诅咒的工作。你首先摧毁的正是他们彼此之间质朴的温情。紧接着，你用隐晦的催眠暗示法将他们体内的爱情汁液抽干，从此以后，他们年轻的身体逐渐萎靡不振，任凭你的意志摆布了。

"老头子，你定是让他们俩深受孤独的折磨了。可是，按照你暗示他们的，他们难道不应该幸免于遗忘，如我所愿地在某个遥远的国度执政，身边陪伴着那生前即倾慕的王族爱人吗? 你是怎么说服他们的? 你懂得给他们提供各种证据! 这两个孩子被彼此隔离，他们有可能穿透你因为要报复我所制造的那些含糊不清的烟雾，互相交换那好似一缕希望的阳光般的眼神吗？不，绝无可能！你胜利了。接下来，我跟你说，我要告诉你，你是用了什么可怕的诡计！他们血管里贞洁的火焰在嫉妒的折磨中、在被遗弃的忧郁中不断被引燃。你很善于刺激他们的爱欲，让他们在精神上逐步陷入对彼此肉体的疯狂渴求中。由于他们被隔离在两处宫殿，所以无法在肉体上真正占有彼此。每天，你越过神圣的河流，穿梭在囚禁他们二人的宫殿之间，自愿充当一个传递悲伤的泪水、不安的焦虑、致命的妄想与永别的幻觉的可怕使者。

"啊！我几个线人的揭发是入木三分的。他们向我解释说，你拥有某种可怕的力量（原话如此）！他们可以祈请提婆们做证：任何锐利武器的威力在你的妖术面前都荡然无存，因为你的魔法总能让人们迷失自我，完全服从你。他们断言，我军打仗过程中使用的弯刀佯攻战术还不如你的妖言巫语更具欺骗性、迷惑性和杀伤性。当邪灵在你内心深处高举他手中的火把，你便伸出妖邪之手，施展魔法……"

讲到这里，女王半睁着眼，似乎在眼睫毛之间有一道光，这道光就像一条飘浮着隐蔽在半明半暗的神庙中的看不见的线。她追随这道光线不放，因为它就象征着自己分析的思路。她用两根洁白而细长的手指捋了捋自己的眉毛，同时另一只手指向大祭司。她继续说道：

"……你唤起某些缥缈的想象，随之而来的便是可怕的静默……紧接着，你那颇具特点、抑扬顿挫的声音唤起了他们难以言状的不安，而你则死死盯住从他们额头上飘过的幽灵。于是，一切理性的奥秘都被你各种古怪的发音征服了（原话如此）！没错，你的发音几乎没有表达任何意义！你使用起这些秘密的魔法来游刃有余，这使你轻轻松松就能利用让人不可捉摸又不寒而栗的焦虑来触动我们的神经。在莫名的焦虑的压制下产生的令人意乱情迷的揣测引发了他们的不信任感，他们由此开始紧盯你的行为。一切都太迟了。你口中的话语放射出夹杂着利剑、龙鳞、珠宝的蓝色寒光。这些话带有翅膀，能缠绕、迷惑对方，将他们撕裂，使他们头昏目眩，深受毒化，窒息难耐！你的话语留下的隐秘伤痕使爱情血流不止，已到了难以治愈的地步。为了令他们一直失望，你深谙如何唤起最后的希望的艺术！你几乎认为……你的话语比你的证据更具有说服力。如果你假意安慰别人，你那咄咄逼人的关怀会吓得对方脸色苍白。你那充斥着致命恶意的思想也会依照你的意愿去赞誉别人，但从来只是为了掩盖内心暗箭伤人——对你而言这是唯一重要的事情——的企图。你清楚地知道这一点，因为你就像一个邪恶的死人鬼魂。你很善于凭借自己冷静的暗中观察抓住倾听对象的需求，施以相应的魔法。简言之，当你离开时，你便在对方的思想中留下了你企图用以穿透对方头脑的毒液，让破坏性强的忧伤在对方心中生根发芽。随着时间的推移，这种忧伤会与日俱增，睡眠甚至反倒会加剧这种情绪。这种忧伤很快就将变得越来越沉重，越来越强烈，越来越阴郁，最终，生活失去了所有的趣味，人因为不堪重负而垂头丧气。你的邪恶引诱，使鲜活的生命天空变得灰暗。内心受尽痛苦的煎熬，必然会产生离开人间的念头。因此，大祭司，正是你的这种杀气腾腾的语言，一天天地把这两个单纯的年轻人的命运揉捏于手掌之中，一步步把他们推向死亡的深谷，你就是那个在黑夜里摧残并扼杀这两朵玫瑰的幽灵啊！

"当他们的嘴巴说不出话来、目光呆滞没有眼泪、微笑也消失了的时候，当他们精神上的焦虑不安超过了心脏跳动所能承受的压力的时候，当他们甚至不再诅咒我和诸位神明的时候，你懂得如何突然之间在他们身上增添那种希冀忘却自身存在的渴望，让他们不再承受那种缺少了忠诚、缺少了信仰、缺少了希望的实存的痛苦，不再遭受那难以满足的对彼此的渴望的折磨。而就在今天晚上，你让他们朝着宽阔的大河冲过去。也许你内心觉得，你可以轻易向我掩盖他们的死法。"

女王说完这句话以后，整个寺庙陷入一段时间的沉寂中。

"大祭司，"阿克蒂赛利尔继续说，"你曾坦率地答应过我，说你会坚定地实现我笃定的梦想。在这里，你的身份是神旨的解释者，但是，你的背叛却损坏了它永恒的完整性，因为每一次伪誓都伴随着对诺言的违背，会减少神实现愿望或启示他人的可能性。所以，我想知道你为什么要顶撞我，你到底出于何种动机对我背信弃义。你对我长时间这么做，难道丝毫不感到疲惫吗？你必须回答我。"

*

她转过身，如同一道长长的金光没入阴暗的深处。紧接着，她说话的声音陡然变得尖锐起来。她用力唤起了整个大厅的巨大回声：

"蒙着面纱的苦行僧们，在这所庙宇的柱子间游荡的幽灵们，你们秉持众神的信条与口谕，时不时隐藏自己残忍的双手，只有通过你们快速投射在墙上的影子才能将你们辨认出来。你们现在就显形吧！你们现在听听一个女人气势汹汹的嗓音！就在昨天，她还是你们的女仆。今晚，她以统治者的身份对你们说话，她的话可不是一文不值的，因为我冷静地掂量了我的冒失 ——应该因此浑身颤抖的绝不是我！

"如果你们的大祭司，这位寡言少语的苦行僧，待会儿含糊其词应付我的提问的话，在凌晨一点钟以前，我，阿克蒂赛利尔，发誓，我将召唤我的娘子军，我们将昂首挺胸、意气风发地站在火红的马车前方，穿过笼罩城市的浓雾，进入你古老的林荫大道。我们手中燃烧的火把必将把这伸手不见五指的黑暗之地照个通明！我强大的军队刚刚抵达波罗奈城门，如今仍沉浸于凯旋的喜悦中，很快就可以在我的命令下入城。军队马上就将把这座被神明抛弃的庙宇团团围住！今晚，整整一个夜晚，我们会推着用于撞破城墙的青铜羊头撞锤轮番冲击神庙，直至把庙宇中的石壁撞塌，把石门撞碎，把柱廊撞倒为止！我发誓，这座神庙会在明天黎明时分彻底崩坍，我定要把这个几个世纪以来由湿婆日夜值守却徒有其表、名存实亡的庞然大物夷为平地！我的民兵数量多得惊人，他们手执粗重的铜制狼牙棒，将在明天的太阳 ——如果明天天气晴朗的话 ——升上天空之前，随心所欲地把庙里的岩石块垒彻底砸个稀烂！傍晚，当来自远山的风 ——大地的其他部分都在大风面前俯首称臣了 ——将这一大片卑微的尘土彻底吹散在哈巴德平原上、山谷中和树林里时，我就会回来！以复仇者的身份！我要和

我的娘子军一起，骑着我们的黑象，踏平这曾经矗立古
老庙宇的土地！……我率领的女战士们和我一样头戴用
新鲜的莲花和玫瑰编织成的花冠，我们要在这些废墟上
互相碰撞我们手中的金杯，向星星唱着胜利和爱的歌，
大声叫喊着我们帮忙报仇雪恨了的那两个人的名字！而
与此同时，我座下的行刑者们会一个接一个地把你们的
头颅和灵魂从那高高的、满目疮痍的神庙庭前广场上抛
下来，让你们的头颅和灵魂滚落到你们希冀的原始虚无
中！……我说到做到。"

　　阿克蒂赛利尔说完这些话，胸脯仍上下起伏，嘴巴
还不断发颤。她微微低下眼皮，但她那双蓝色的大眼睛
依旧在喷射着怒火。

＊

　　此时，湿婆的仆人，也就是大祭司，转过他花岗岩
般苍白的脸庞，漠然朝着女王冷淡地回答道：

　　"年轻的女王，鉴于我们对生命的用度，你是想用
死亡威胁我们吗？你把各种宝藏送给我们，我们的僧侣
却轻蔑地把它们播撒在这座庙宇的台阶上，而任何印度
乞丐都没敢跑来捡拾！你刚才是说要摧毁这个圣所吗？
你是有多美好的闲暇——这与你的命运相称吗？——去

盲目劝说士兵碾碎这些无用的石头！神灵的职责就是使其居住的这座独一无二的圣殿中的石头都充满活力和感情：圣殿实际上是不会被神灵废除的。你忘了，唯有他才能赋予你手中的权力，你的军队只是神灵所给权力的延伸。……你也忘了，你之所以能消灾免难也是因为有神灵的庇佑。因此，当亵渎圣物的行为殃及神灵时，亵渎神灵者必然沦为神经错乱的不幸之人。

"你当时来找我，认为提婆们的智慧总会特意光顾那些像我们一样通过禁食、血腥祭祀和祈祷等方式来抵制佳酿、美食、恐惧与欲望的诱惑，从而更好地保持自己理性之澄明的人。我接受了你的誓愿，因为你的誓愿是美丽而深沉的，即便这些话都带着轻浮的女性痕迹，但是出于对你浴血奋战的尊重，我还是答应帮你实现愿望。现在你刚一回来，你清醒的头脑就被居心不良的告密者 —— 我甚至都不屑于瞧他们一眼 —— 所蒙蔽，进而对我所做的事指手画脚、控告咒骂。你本应该先来咨询我，了解事情的原委。

"你看，你刚才枉费气力说的那些震耳欲聋的话仍在这座宏伟的建筑内回响。我之所以愿意听你说完这些音韵和谐却又早已被遗忘的侮辱之辞，就是因为这些话既缺乏根据又没有来头。湿婆知道你手下那些年轻的女剑子手眼中总是充满荣耀、热情和梦想的火焰，因此能够包容她们心中的愤慨。

"所以，阿克蒂赛利尔女王，你胸怀大志却不知道怎么实现抱负！你可以有一个目标，但千万别只执着于一条达至目标的途径。你曾经问我，神学是否有能力诱导两个人的感官进入激情四射的状态，以及在这种状态中，某种突如其来的强烈爱意能否在同一瞬间成为摧毁他们生命的力量……说句实话，除了非常自然的身体反射可以实现你的意图之外，我还能施展别的什么魔力来满足你的设想吗？你听我说，请你记住我说的话。

"此前，你把自己当作花朵送给你的夫君辛亚布时，他幸福而喜悦地将你揽入怀中。你当时就大声说，任何少女都不可能不被这种如火如荼的爱情所打动。你因为沉浸在无上的快乐中而全身颤抖。后来，你向我证实，你一直很惊讶自己幸运地从这出神的狂喜中活了下来。

"记住，这是因为你已经受到君权的眷顾，你的头脑被雄心勃勃的梦想所困扰，你的心思也部分投入对未来的无限期许中，你不再能够完全奉献自己。这些外界的因素都在你的记忆深处与你自身的存在保留着千丝万缕的联系，而且，由于你不再完全属于你自己，即便你身处如胶似漆的夫妻关系中，也只好隐晦而不太情愿地让自己和那些与爱情无关的事物再度勾连在一起。

"从那以后，阿克蒂赛利尔，你为什么还会为自己在从未历验过的危险中幸存下来感到震惊呢？

"在婚礼上，你也已经品味到高脚酒杯边缘散发着的令人迷醉的幸福感，你的嘴唇还残留着爱侣的香吻的芬芳，这芳香钝化了你憧憬未来的神圣感觉。仔细想想你作为寡妇的身份吧，人美心善的寡妇啊，你一直铭记着你们的爱，却竟能如此风轻云淡地在痛失夫君的悲伤中生存下来！失去一个人你都能活下去，拥有一个人又怎么可能将你毁灭呢？

"这是因为，年轻的女王啊，你的新婚之夜只不过是有星光点缀的普通一夜。那晚的繁星与平日成千上万个蓝色薄暮的并没有太大区别，它们聚集在苍穹中，暗淡无光。掌管爱情的迦摩放射出的闪电在它们面前掠过，却仅仅使它们略显辉煌，而且这辉煌转瞬即逝！这样的柔美夜晚里，人的心灵往往很难受到爱之闪电的强大冲击。

"是的，很难！……唯有在这绝望、黑暗、荒凉的夜晚，伴随着濒临死亡的气息，除了爱之外，人的心中已没有任何失落的遗憾，对梦想的憧憬也不再让人内心悸动，他才能感受得到。只有在这样的夜晚，人才能看到红得如此明亮的闪电在空中闪耀，匆匆在空中划过，摧毁它所接触到的一切！也只有在这样的空虚中，爱才能自由渗透到心灵、感官和思想中，将它们融化成一种致命的震荡！因为神的法则规定，一份喜悦的强烈程度应该与为之所受的绝望之苦成正比：只有这样，这份喜悦才能一次性占据整个灵魂，点燃它，消耗它，令其挣脱肉体的束缚。

"这就是我施展神奇的魔法，在这两个孩子的身上积聚了大量的黑暗的原因。这种黑暗的力量远比您手下的间谍所描述的深度与破坏性更强烈……至于古代婆罗门的魔法，女王，你认为你手下那几个很有洞察力的间谍真的了解吗？例如，他们难道真的清楚这两个年轻的罪犯昨晚不顾一切、艰难地从高高的石墙中逃跑出来，纵身跃入恒河的缘由吗？"

听到这里，阿克蒂赛利尔再也控制不住心中的怒火。她从刀鞘中拔出她的弯刀，瞪着双眼冲他吼道：

"你这个精神错乱的野蛮人！当你说着这些宣判我心爱的受害者死刑的无聊话语时，啊，星空下的恒河水正在芦苇间流淌，在他们纯真的身体旁边泛起阵阵波浪！……好吧，涅槃在召唤你。受死吧你！"

女王说完话，就挥起手中的弯刀，在黑暗中划出了一道火焰般的光芒。女王年轻有力的臂膀从大祭司的腰间划过，只要大祭司的反应再慢一秒，他便会被拦腰斩杀。她突然把手中的武器向远处扔去，弯刀落地发出的回响震得神庙里的幽灵们瑟瑟发抖。

这位阴郁的大祭司虽然已失去凌人的气势，却也面无惧色，甚至都没抬起眼皮看女王。只听他平和地低声说了一句：

"你看。"

*

大祭司的话音刚落，湿婆祭坛旁边的大帷幔就被拉开了，神像下方的洞穴内部情景便呈现在眼前。

按照祭祀仪式的流程，两个苦行僧闭着眼睛站在圣殿的两侧，双手托起散开的血腥长布。

在这恐怖之地的深处，三脚支架已依照祭祀的式样被点燃。然而，湿婆庄严肃穆的相貌与炉台自由升腾的火焰形成鲜明的对照，熊熊火焰在那些悬置在高处的弯曲金属板面上折射出令人不安的光亮，透过金属板反射到献祭的石台上。两个僧侣静静地低垂着头，高举着火把站在石台旁边。

而那两个迷人的青年男女就平躺在大理石床上，脸色圣洁安详，如同没有一片云飘过、一丝风吹过的天空那样平静。他们身上透明的新婚束腰外衣的雪白褶皱勾勒出他们身体神圣的线条。从他们的微笑中闪现的光芒宣告一个崭新的黎明即将出现在他们的灵魂见不到的红色空间中。而这个隐秘的黎明将他们静止的状态转化成了永恒的出神。

诚然，某种超自然的幸福情感的冲击超越了众神给予人类感知力的极限，从而必然使他们挣脱了生命的束缚，因为死神的闪电已将他们丰富的表情定格在他们的脸上！是的，他们俩身上都带着被突如其来的万分喜悦击垮的印记。

就在湿婆的婆罗门安放年轻男女的这张石台上，他们两个人依旧保持着死亡来临时的那个姿势，仿佛都没有注意到死亡的到来，好像死神的阴影只是轻轻从他们身边掠过而已。

如此一来，这对就像两个神秘塑像般的男女体现了只有不朽的心灵才能领略到的精神满足。

塞杰努尔青春帅气，闪耀着白色的光芒，看起来把周遭的黑暗环境都照亮了。他心爱的女孩、钟情的伴侣叶尔卡此刻就偎依在他的臂弯下，白皙的脸庞就贴在塞杰努尔环抱她脖子的臂膀上，她仿佛在狂喜中睡着了一般。叶尔卡的手臂庄严地垂落在未婚夫的额头上，乌黑锃亮的秀发好似涌动的海浪般披散在对方身上。她嘴唇微张，凑近爱人，拼尽最后一口气给对方送上纯真的初吻。或许，她是想在这甜蜜的时刻，让心上人紧贴她散

发着令人迷醉的少女体香的胸脯，吸引对方去亲吻自己
的嘴唇。但就在那一刻，在彼此突地结合的那一瞬间，
在双方灵魂相互激荡之际，心中所有的失落、所有的告
别、所有的折磨几乎都消逝了！……

是的，太突然、太美妙了。他们重获新生般的欢乐
饱含令人意外与陶醉的真挚。此际奇妙的感情流露所产
生的反响，以及他俩认为永不可能实现的心灵瞬间碰撞，
带着他们一下子脱离了尘世，飞向自己梦想的天堂。毫
无疑问，如果他们在这非凡的时刻苟活，对他们来说将
是一种折磨！

*

阿克蒂赛利尔静静地凝视着这对年轻男女死去的场
景 —— 守护湿婆的大祭司所创作的伟大艺术品。

高深莫测的大祭司带着一种讽刺意味的口吻，扬扬
得意地对阿克蒂赛利尔说道："你觉得，如果提婆们赋予
你唤醒他俩的力量，那么，这两个已从尘世解脱的人又
是否愿意屈尊复活呢？你瞧，女王，他们如今变成你羡
慕的对象了！"

她没有回答：一股崇高的情感涌上头顶，模糊了她
的双眼。她双手紧握肩膀，端详着自己一直梦寐以求的

成就。

突然，从庙宇外面传来一阵巨大而低沉的喧闹声和人群的嘈杂声，紧接着是许多武器不断摩擦地面的声音，这些声音打破了她的冥想，寺庙的一扇扇沉重的石门正朝内缓缓打开。

那三位内阁大臣手握兵器，满脸杀气地站在门槛边朝她躬身行礼，不敢进入寺内。他们远远凝望着这位站在圣殿深处的波罗奈女王。此时，阿克蒂赛利尔全身上下被庙里的火焰映照得发亮。随后，她转过身来。

在三位内阁大臣的身后，勇武的年轻女战士们气势汹汹地昂着头，眼睛迸发出不安的火焰，生怕女王会遇到什么危险。她们几乎忍不住就要闯进来了。

夜幕下，一整支部队就围绕在这群女战士的四周，一直延伸到远处。

此时，一幕幕过往岁月中刻骨铭心的生命记忆、与生俱来的强烈忧郁感、美好梦想的幻灭、与美好爱恋的痛苦告别，乃至曾经拥有的无限荣耀……错杂交织在一起，在深深的叹息声中化作感伤的清泪——这是她一生中最后的清泪！这泪水犹如洁白无瑕的百合花瓣上的露珠一样晶莹剔透，令人心疼。

但是，阿克蒂赛利尔很快重新挺直了身板，站到沾满血腥气息而又圣洁的祭坛最高的那一级台阶上。她感到神明缓缓降临，与之合为一体。她以历次战斗中威震四方的声调向匍匐在脚下的臣民乃至全天下宣告：

"哈巴德的副王们、内阁大臣们、战士们，"女王的声音在阴暗的庙宇柱廊中回荡，"自从我的夫君辛亚布王子去世以后，你们就一致决定处死赛尤尔王位的继承人——塞杰努尔王子。你们判处塞杰努尔王子和他的未婚妻，也就是这个富饶地区的公主叶尔卡以死刑。如今他俩正飞向天国……

"请你们为这两位出身高贵的亡灵诵念祈祷文吧！他们告别尘世后，正努力奔向神圣的天国！请为他俩高唱《夜柔吠陀》吧，为他们唱诵美满欢乐的赞歌吧，我的女勇士们，还有你们，我亲爱的战士们！啊！虽然我们在平叛中付出了代价，但是，不管如何，这个地区已经完全被我们用武力征服了！愿印度在我的统治下，能够像圣洁的莲花一样绽放出永恒的灿烂！当然，总会有些人感到心情很沉重：因为亚洲大地上的一个强盛王朝已经在这个石头祭坛上谢幕了！高贵的埃巴哈尔族至此衰微了！"

译后记

历经八个多月的时间，终于完成了奥古斯特·德·维利耶·德·利尔–亚当（Auguste de Villiers de L'Isle–Adam, 1838—1889，简称维利耶·德·利尔–亚当）的小说集《至上的爱》（*L'Amour suprême*）的翻译工作。其实，2023 年 3 月中旬，出版社编辑找到我的时候，原本是希望由我重译维利耶·德·利尔–亚当的《未来的夏娃》（*L'Ève future*）——这部长篇小说已于 2013 年 1 月被译成汉语在国内出版。鉴于自己此前还从没出版过译著，所以我还是偏好迄今尚未被译成中文的作品。2023 年 3 月下旬，当出版社编辑给我推荐了这本小说集时，我便被集子中十三个情节奇异的故事所深深吸引，于是毫不犹豫地与出版社签订翻译合同。现在，虽已如约交稿，但仍感觉应该写点什么。

一、关于维利耶·德·利尔–亚当

维利耶·德·利尔–亚当是 19 世纪法国知名作家。

1838 年 11 月 7 日，他出生于法国布列塔尼地区圣布里厄市的一个古老的贵族家庭，是约瑟夫 – 图桑 – 夏尔侯爵和玛丽 – 弗朗索瓦丝的独子。不过，在他五岁的时候，他的父母就离婚了。他在教母的指导下长大，并于 1855 年随父移居巴黎。此后，他与巴那斯派（19 世纪法国诗歌的一个流派）的许多成员交往频繁。在这个过程中，他结识了他崇拜的法国象征主义诗人夏尔·波德莱尔，经后者的推荐开始阅读埃德加·爱伦·坡的作品，并从中汲取了大量的文学灵感，更对神秘主义产生了浓厚的兴趣。同时，他与大名鼎鼎的法国作家居斯塔夫·福楼拜以及诗人斯特凡·马拉美亦过从甚密。他和马拉美一起参与了象征主义运动，影响了包括安德烈·布勒东在内的一些超现实主义作家。值得注意的是，他还是法国最早开始接触黑格尔著作的读者之一，对黑格尔的观念论推崇备至。1889 年 8 月 18 日，身患癌症的维利耶·德·利尔 – 亚当在巴黎逝世，享年五十一岁。他的遗体最初被埋葬在巴黎第十七区的巴蒂诺尔公墓，1901 年迁到了拉雪兹神甫公墓，与死于肺结核的儿子安葬在一起。

在文学创作方面，维利耶·德·利尔 – 亚当在多个领域都有建树。他分别在 1858 年和 1859 年出版了《两篇诗歌随笔》（*Deux essais de poésie*）和仍受浪漫主义影响的《初次创作的诗歌》（*Premières poésies*）两部诗集，不过这些作品并没有取得预期的成功。1862 年，他撰写并出版了其文学生涯的第一部小说《伊西斯》(*Isis*)，该作品描写了一位从意大利国内战乱中涌现出来的野心勃勃的女性。而其最著名的小说当数《未来的夏娃》，在这部对科幻文学领域产生重要影响的长篇小说中，小说主要人物之一的美国发明家托马斯·爱迪生为埃瓦德勋爵制造了一个与后者倾慕的艾莉西亚小姐外表一模一样且精神更加富足的机器人——安卓，而勋爵也逐渐爱上了这个机器人，不过，安卓最后却在埃瓦德勋爵带其归国的途中死于海难。除了诗歌与小说方面的创作，维利耶·德·利尔 – 亚当还致力于戏剧的撰写。在 1865 年和 1866 年，他分别创作了《埃莱恩》(*Elën*) 和《莫尔加娜》(*Morgane*)，均未受到剧院的青睐。1870 年，其戏剧作品《叛乱》(*La Révolte*) 终于在剧院上演。此后，《新世界》(*Le Nouveau Monde*) 和《逃亡》(*L'Évasion*) 也先后于 1883 年和 1887 年上演。他去世后，一些在他生前未曾上演的剧本陆续被搬上舞台，比如 1894 年上演的《阿克赛尔》(*Axël*) 和 1965 年上演的《追求者》(*Le Prétendant*)，前者的剧本是他生前耗费近二十年时间写就、去世后由于斯曼在 1890 年整理出版的，后者则是《莫尔加娜》的新修订版本。

　　维利耶·德·利尔 – 亚当在法国文学史上的另一大贡

献，则要数他潜心创作的那些小说集，作品涉及不同主题，有些针对时弊进行揭露与讽刺，有些则对一些超自然的现象进行描述与刻画。大部分的故事最初在报纸上发表，后来才集合成册出版。其中，出版于 1883 年的《残酷故事集》（*Contes cruels*）是他生前出版的小说集中较为人所知的一部。在戏剧创作没有取得成功的情况下，他经历了相当长一段时间的贫困生活，后来多亏了这部小说集，才终于获得了一些梦寐以求的认可。《残酷故事集》通过令人心神不宁、恐怖阴森的神秘情节，散发出血腥的讽刺意味，绽放出苦涩的诡辩色彩，揭示出冰冷的幻灭人生，让人看到了不少埃德加·爱伦·坡的影子。而后，他又相继于 1886 年出版了故事集《至上的爱》，1887 年出版了故事集《特里布拉·博诺梅》（*Tribulat Bonhomet*），1888 年出版了《离奇故事集》（*Histoires insolites*）和《新残酷故事集》（*Nouveaux contes cruels*）。在他撒手人寰以后，还有几部短篇小说集被发掘：1890 年出版的《在路人中》（*Chez les passants*）和 1954 年出版的《遗物》（*Reliques*）；《新遗物》（*Nouvelles reliques*）甚至等到 1968 年才正式出版，此时距离维利耶·德·利尔 – 亚当逝世已过去了将近 80 年。

二、关于本故事集《至上的爱》的主题思想

呈现在诸位读者面前的这本汉译小说集的法文原版便是维利耶·德·利尔 – 亚当 1886 年出版的故事集《至上的爱》，这本故事集共包括十二个短篇小说和一个中篇小说《阿克蒂赛利尔》（*Akëdysséril*）。

需要特别交代的是，1888 年，也就是《至上的爱》出版两年后，法国的 C. Marpon & E. Flammarion 出版社又以《至上的爱》中第三个短篇小说的题目《断头台的秘密》（*Le Secret d'échafaud*）为书名，将这十三个故事结集，订正了 1886 年版中的个别错误后，在巴黎再版（我在翻译时以初版为主要参照，同时也将其与再版版本进行了仔细比对，原文有讹误时按照正确的版本进行翻译）。1923 年 1 月 1 日，由法国 Mercure de France 出版社出版的《维利耶·德·利尔 – 亚当全集》则再次把这十三个故事归整成第五卷发行。

此处，我想，广大读者肯定有疑问，我们这本故事集的汉译本为何选定《至上的爱》作为书名，而不是《断头台的秘密》？其实，《至上的爱》不仅是一本故事集的书名，更是收录在这本集子中的第一篇小说的题目，因此，了解清楚这个故事的梗概与内涵至关重要。"我"在春日夜晚的一场宴会上与儿时好友莉兹安娜·德·奥贝莱恩重逢，后者历经了母亲离世等生活的磨难之后变得越发清心寡欲，全身上下散发着忧郁伤感的气息。两人围绕生活在尘世有何意义等问题进行了一番探讨。第二天，奥贝莱恩当着"我"的面，于她所在的修道院，把自己永远地献给了神（务必特别指出的是，我们坚决反对这种对宗教的狂热做法）。尽管作者在这个故事的开头就提到，"许多命中注定相爱的伴侣在尘世中藐视凡人的欲望，甘愿牺牲亲吻，情愿放弃拥抱，尽管目光早就迷失在昔日婚姻的狂喜中，却仍矢志不移地双双将肉体与灵魂投入天堂神秘的烈焰中"，但是，作者通过小说中爱好世俗享乐的"我"与向往天国的修女奥贝莱恩展开对话，在目睹了对方献身的震撼一幕后，以"我"的口吻在文末得出结论："与被埋葬者的这场庄严的告别却已经彻底消除了我思想中充满物欲的傲慢。从此以后，每当追忆起与这位贝雅特丽齐式女子的会面，我总能迅速成长，同时，我还能不断感受到她当时望向我的那道神秘目光。如今，我也和但丁·阿利吉耶里一样，尽管形骸还暂时流放在人间，内心却满怀思念天国之情，期望追随她飞往圣洁的世界。"小说中"我"的这种人生态度十分符合维利耶·德·利尔－亚当的价值理念。他热衷于阅读黑格尔的专著，大量的文学创作正好反映了他尝试融合基督教教义与黑格尔思想，探寻一种别样人生选择的意愿，也就是虽心向往天国，但人在尘世仍要好好生活，积极追求自我价值的实现，且世事无常，心态要平和达观，应看淡个人得失，切忌贪欲过盛。

作为本故事集的开篇，《至上的爱》蕴含的思想深意与揭示的人生态度辐射整个小说集，其他故事都通过不同小说人物的遭遇，从某个角度或侧面与以上牵涉的主题相呼应。例如，在《阿斯帕齐娅的远见》（*Sagacité d'Aspasie*）中，功勋卓著的亚西比得竟要靠其情妇阿斯帕齐娅剪断其宠物犬的尾巴才能名留青史，这种戏谑的表达不正说明，一个人无论取得多么辉煌的丰功伟绩，都终将被后人遗忘吗？而在《白象传奇》（*La Légende de l'éléphant blanc*）中，远渡重洋、费尽心机，成功盗取神奇"白象"的马耶利斯机关算尽，却最终落得象死财空、一无所得的下场，其口中感叹的"什么荣誉啊，成功啊，财富啊，尽是过眼烟云而已！"不正点明了名利皆是身外之物，不应过度追求与执着的人生道理吗？当然，不同人对什么是"至上的爱"的理解千差万别，纵是人人乐此不疲、为之前赴后继的爱情，甚至婚姻，也同样是脆弱的。《黄金烛台代理行》（*L'Agence du Chandelier d'Or*）就以讽刺的口吻给我们编排出了一场借助虚拟通奸达到随心所欲自由结婚的闹剧，揭露了法国资产阶级上流社会尔虞我诈的丑陋面目，间接阐发了应适度节制情欲、正视婚姻关系的观念。不过，也有人把爱情当作自己谋取至高无上权力的阶梯。阿克蒂赛利尔口口声声对英年早逝的太子无尽怀恋，但其阴谋夺嫡、巧言粉饰的行为却明明白白地告诉所有人，她眼中的"至上的爱"更多是对王权的渴望，她率领将士浴血奋战，指使婆罗门施展魔法，杀害政敌塞杰努尔王子及其未婚妻叶尔卡公主，苦心孤诣地建立了新的王朝，而朝代更迭不正从另一个侧面告诉我们世事无常，万象皆空的道理吗？（《阿克蒂赛利尔》）纵然登上了权力的巅峰，也绝非从此风平浪静，在暗处虎视眈眈地窥伺帝王、觊觎政权的眼睛只可能会越来越多。[《沙皇和雕鸮》(*Le Tzar et les grands-ducs*)] 而即便是只做到巡抚的车唐大人，也免不了终日杯弓蛇影，疑心周围有人对其图谋不轨，因此，一介草民谢依拉才有了可乘之机，仅凭一个空口无凭的谎言便诈得万贯财，抱得美人归。[《谢依拉历险记》(*L'Aventure de Tsë-i-la*)] 凡此种种，哪怕是克鲁克斯博士及其团队经过严密的实验与观察确证过的种种超自然现象 [《克鲁克斯博士的实验》(*Les Expériences du Dr Crookes*)]，对于积极生活、看淡个人得失的人来说都是浮光掠影的幻象，不足为忧。

三、关于本故事集《至上的爱》的创作手法

如果说 1886 年的初版选用《至上的爱》作书名是为了强调故事集的主旨的话，那么，1888 年的再版使用《断头台的秘密》来命名则侧重于突显这些小说的写作风格。《断头台的秘密》作为玄怪文学（littérature fantastique）体裁的一个范例，是维利耶·德·利尔 – 亚当最初于 1883 年发表在《费加罗报》上的小说。该作品讲述了痴迷于断头台运作机制的韦尔波医生一直困扰于"人被斩首后是否会马上失去意识"这个谜团，于是决定与同是医生的死刑犯德·拉·波梅雷协作，一起解开心中的困惑。小说集中的其他故事与这个故事类似，都或多或少地笼罩在某种神秘与恐怖的氛围中。而这与维利耶·德·利尔 – 亚当热衷于哥特式文学创作，痴迷于探索黑暗主题的写作风格是紧密联系的。为了增强小说情节的玄怪效果，他十分擅长在故事的发展过程中采用各种方式巧妙地设置悬念。限于篇幅，仅举几例分析。

《一种新型职业》（Une profession nouvelle）开篇便把悬念抛了出来，子爵夫人与其表兄在自家城堡花园里散步时疑似被流弹击中身亡，而其丈夫却不见踪影，后来竟然被警方从火车站逮住带回。按照惯常的逻辑，很容易让人产生子爵畏罪潜逃的错觉，因为文中提到，当时媒体也爆出子爵很可能因为嫉妒之情而萌生杀意。更有

意思的是，披露子爵夫人身亡的新闻以一句"不过，请我们的读者放心：尽管被告是有爵位的人，但这一次教会不会掩盖事实，感谢上帝，上天已经不再插手我们的刑事审判了"作结，令读者不禁陡生疑心：一个枪杀事件怎会与上天挂钩？但是，随着情节往下推进，案件又变得愈加扑朔迷离，子爵在预审法官面前不仅自证清白，还说出他们早已解除婚姻关系，而且离婚也是他们之前就协商好的，他俩各自因为离婚而收获了价值不菲的回报。到底是子爵振振有词，企图蒙混过关，还是另有隐情？读者顿时摸不着头绪。直到故事的尾声，一份尸检报告才让真相大白。原来，子爵夫人是被陨石碎片砸死的，虽然这种飞来横祸很罕见，但夏夜确实有很多陨石划破天际，与大气层摩擦，从而发出好似枪响的爆炸声，所以结局也在情理之中，同时也与前文"上天已经不再插手我们的刑事审判了"形成鲜明对照。这种戏谑的行文产生了冷峻幽默且神奇的效果。

相较之下，《卡塔丽娜》（Catalina）则选择开篇平铺直叙，行文至中段才将悬念抖出。"我"由于不愿再整日闷在自家舒适的别墅里思考形而上学的问题，决定出国旅行。到达西班牙之后，"我"在海堤上漫步，意外地与儿时的伙伴、已是海军上尉的维尔布勒兹重逢。他说他从世界各地搜罗了一些动物标本和花卉品种，同时带回了一个价值六千法郎的宝物，还凑到"我"耳旁让我猜猜是什么东西。就在这个时候，码头上一个名叫卡塔丽娜的卖花姑娘过来跟维尔布勒兹打招呼，也中断了我们之间的对话，悬念由此产生：这个宝物到底是什么？卡塔丽娜又与剧情的发展有何关联？然而，一波未平一波又起，本准备与"我"一起夜游的维尔布勒兹走到旅馆门口后想起当天是母亲的三周年忌日，便独自返回船舱，把他旅馆客房的钥匙给了"我"，于是"我"便阴差阳错地与刚认识不久的卡塔丽娜一起在朋友的客房里过夜了。读者不禁会想，"我"与她会发生怎样的一段情缘呢？出乎意料的是，两人因酒醉，倒头就和衣而睡。到了凌晨，两人却被剧烈的撞墙声惊醒了，"我"点燃火柴定睛一看，竟是一条被维尔布勒兹绑在衣柜四腿上的巨蟒，他口中的所谓宝物从睡眠状态中醒过来，正奋力摇晃躯体，撞击隔墙，企图挣脱束缚。"我"很快从极度恐惧中缓过神来，拉起早已惊慌失措的卡塔丽娜，紧随旅馆的其他客人一起逃了出去。正是卡塔丽娜的出现，让故事的悬念一直保留到了最后，情节也变得更加引人入胜。

　　事实上，集子中的大多数故事是通过文中某个细节来埋下悬念的。相对而言，《历史的复仇》（ *Le Droit du passé* ）制造悬念的手法就更显别致。这个短篇小说以

1870 年的普法战争为背景，讲述了法国外交官在法国战败后前往德军兵营同普鲁士首相俾斯麦谈判的过程。作为历史上真实发生过的事件，这场谈判的结果早已确定，本来内容平淡，难以设置悬念。但是，由于"1 月 21 日"这个法国宣布投降的日期和路易十六 1793 年被送上断头台的日期为同一天，作者利用这种巧合，顺势将 19 世纪广为流传的"路易十七逃出监狱后流亡海外"的故事通过共和派政治人物法夫尔的回忆娓娓道来，就此引发读者深思：为什么法夫尔在谈判过程中会突然想起这桩往事？法夫尔与"路易十七"交往的这段经历到底对他的决策起了怎样的作用？特别是，作者用了许多段落描述"路易十七"临终前与法夫尔见面时送给他的那枚戒指，这又将推动故事情节如何走下去？以上所有疑问，都是超过三分之一篇幅的插叙带来的悬念，而破解谜题的正是这枚印刻着波旁家族纹章的戒指，它召唤了法国王室的亡灵来到谈判现场，在法夫尔正犹豫不决的可怕时刻敦促其在割地赔款的停战协定上盖上了自己的印章，从而完成了历史的复仇。

维利耶·德·利尔 – 亚当的这本小说集属于典型的 19 世纪法国文学作品，行文与修辞颇为典雅，许多表达方式在当代法语中已不再使用，而且逻辑严密、内容繁复，动辄十几行的"抗译性"强的长句俯拾皆是，这都给翻译工作带来了巨大的困难。不过，语言本身的难点可以通过查阅字典、请教外教来解决，很多语言之外的东西却只能靠译者自己下功夫学习了解。乍一看，可能会觉得《至上的爱》就是一本普通的故事集，但仔细研读就会发现，它涉及很多领域的知识。比如《克鲁克斯博士的实验》就涉及许多物理背景知识，含有大量科学专业术语；《阿克蒂赛利尔》则通篇与印度教文化背景贴合得非常紧密，这些有特殊文化背景的词语与表达都需要花时间去寻找约定俗成的汉语翻译。当然，《阿克蒂赛利尔》中还描述了古印度将活人开膛，取出心脏献祭神明的血腥仪式，我们保留这些段落旨在还原当时的礼俗，不过，这种与现代人类文明相悖的宗教行为是必须予以谴责与批判的！

凡是在翻译过程中遇到的与原文理解相关的疑难问题，我都向暨南大学外国语学院法语系外教 Grégor Sadowski、Hervé Olala 请教，在此谨向他们表示衷心的感谢。本译著始终秉持"尊重原著"的第一准则，尽可能地做到译笔行文流畅、通达、兼有文采，但由于译者水平有限，错误在所难免，恳请专家与同行批评指正，期望再版时能有所改进。

最后，诚挚感谢暨南大学外国语学院法语系主任马利红副教授为我的译著作序推荐，诚挚感谢我的恩师、现任汕头市第一中学语文高级教师郑永东拨冗帮我斧正、润色译文的书面表达！

林凡

2024 年 2 月 3 日，于广州